KB051536

사무치게 낯선 곳에서 너를 만났다

사무치게
낯선 곳에서

너를
만났다

글·그림
이주영

다른 인생을
꿈꾸는
사람들을 위한
에세이

나비클럽

프롤로그

"한국에서 도대체 무슨 일이 있었던 거야?"

오랜만에 한국에 다녀온 내게 남편이 물었다. 글쎄, 쉽게 대답할 수 없어 빙긋 웃기만 했다. 결혼하고 프랑스에 살기 시작한 지 4년째 되는 해 가을, 몹시 우울했던 나는 설렘과 동시에 무거운 마음으로 서울행 비행기를 탔다. 프랑스로 다시 돌아오고 싶지 않을지도 모른다.

7주. 제법 넉넉한 기간이라 생각했는데 4년간의 부재를 메우기엔 빠듯했다. 서울 도착 첫날부터 시작된 만남은 강행군이었다. 브런치 타임부터 시작해 야식 시간까지 스케

줄은 빡빡했다. 가족과 학창시절 친구들, 사회생활을 하면서 알게 된 나이차가 들쭉날쭉한 친구들이 제공하는 식사와 간식에 기꺼이 사육 당했다.

내가 다닌 청운동의 청운초등학교에는 운동장 한켠에 자연학습을 위한 동물사육장이 있었다. 사육장 안에는 공작새, 부부 닭과 그들의 자녀들, 부부 토끼와 그들의 자녀들이 살고 있었다. 점심시간이면 서둘러 도시락을 먹고, 운동장 여기저기 자라고 있는 잡초들을 뽑아 토끼들에게 먹여주는 재미에 빠졌다. 철장 사이로 들이미는 잡풀을 오물오물 받아먹던 포실한 토끼의 조막진 입이 얼마나 귀엽던지. 주는 족족 마다않고 야무지게 받아먹는 토끼가 얼마나 대견스럽던지. 토끼의 점심 제공자란 착각에 빠져있던 나는 스스로가 자랑스러웠고 행복했다. 점심시간이 끝나는 줄도 모르고 토끼에게 풀을 먹이던 아이의 표정은 7주 동안 내게 식사와 간식, 야식을 제공한 이들의 표정과 닮아 있었을 거다.

일본 유학 생활이 끝날 무렵, 나도 참석하기 귀찮던 대학 졸업식에 한국에서 부모님이 온다고 했다. 아침 비행기

6

를 타고. 그때나 지금이나 나는 새벽 댓바람부터 서둘러 뭔가 하는 걸 무척 싫어한다. 부모님이 공항에 도착하는 시간에 맞춰 마중 나가는 게 부담스러웠다. 명건에게 푸념을 해댔다.

"노인네들 저녁 비행기 타고 오지, 아침부터 온다고 난리야."

명건은 역시 내 친구다.

"밤을 새고 나가면 되지. 그러면 아침에 눈뜨자마자 서두르지 않아도 되잖아. 너랑 밤새 놀아주고, 공항에도 같이 가줄게."

지금 생각해도 명건은 정말 기특한 녀석이다.

부모님이 도착하기 전날, 우린 저녁을 느지막이 먹고 볼링장에 가서 몇 시간을 보낸 후, 노래방으로 직행, 열창을 했다. 노래방에서 나와 야식을 먹고, 당구 몇 판을 쳤지만 비행기 도착 시간까지는 몇 시간이나 남았다. 더 이상 할 일이 없던 명건과 나는 그냥 나리타공항 벤치에서 잠을 자며 기다리기로 했다. 3월 나리타공항 대기실의 금속 벤치는 앉아서 대기할 때는 따뜻하지만, 이불 없이 누워 자기엔 썰렁하다. 앉아서 책을 읽을 수 있을 만큼 조용하지만, 숙면을 취하기에는 산만하기 그지없다.

공항에서 선잠을 자고 부모님을 맞이한 뒤 졸업식을 치루고, 도쿄 시내 안내를 하며 며칠을 보냈다. 다시 부모님을 공항까지 배웅하고 돌아오는 길, 드디어 올 것이 왔다.

온 몸에 기운이 빠지고 열이 나고 어지러웠다. 집에 들어서자마자, 외투 벗을 기운도 없어 그대로 쓰러져 잠을 잤다. 도쿄에서 유학하는 동안 이상하리만큼 한번도 아프지 않았던 내가 며칠을 꼼짝도 못하고 앓아누웠다. 명건이 나를 들쳐 업고 간 곳은, 병원이 아니라 신오오쿠보의 한국 식당이었다.

곱창전골.

"난 이런 거 못 먹어. 먹어본 적도 없고, 먹고 싶었던 적도 없어. 넌 아픈 친구가 뭘 먹고 싶은가를 생각해야지. 니가 처먹고 싶은 걸 먹여? 이런 X."

"잔말 말고 한번 먹어봐. 이 집 곱창전골 정말 맛있어."

"그렇게 맛있는 걸, 지금까지 너 혼자 처먹었냐?"

"아픈 년이 말이 많아. 어서 먹어!"

생애 처음 먹어본 곱창전골의 얼큰하고 뜨끈한 국물, 그 온기의 든든함. 온 몸이 거뜬해지는 거 같았다. 나는 그날

업혀 들어갔던 식당을 걸어 나왔다.

프랑스. 내가 태어난 한국을 제외하면 세 번째 삶의 터전이 된 곳이자, 아마도 계속 살아갈 곳이다. 지난 4년, 나는 세 번째 타국에서 또 다른 언어와 또 다른 문화, 뒤늦게 하게 된 결혼 생활에 적응하느라 지쳤다. 무엇보다 중년의 임신과 유산은 결정타였다. 주위에 가족도 친구도 동료도 없어 혼자라고 생각했다. 나는 우울했고 외로웠다. 한국에 다녀오면 조금 나아지려나….

다소 설레긴 했지만 친구들을 만난다는 기대보다 너무 오래 떨어져 있어 어색하지 않을까 걱정됐다. 우린 사는 곳도, 먹는 것도, 보는 것도 달라서 생각하는 것도 다를 것만 같았다.

아이들을 키우며 전업주부에 만족하며 살아가는 친구, 전업주부지만 만족하지 못하고 새로운 삶을 꿈꾸는 친구, 조직을 떠나 새로운 사업을 시작한 친구, 남편 벌이가 변변찮아 사회생활을 어쩔 수 없이 해야 하는 친구, 부부 사이가 원만치 않아 바람피우는 친구, 거꾸로 배우자가 바람피워 부부 사이가 좋지 않은 친구, 배우자의 건강이 좋지 않은 친구, 오랜 시간 연락을 못하다 이번에 연락이 닿은 친구, 연락이 끊기지는 않았지만 8시간의 시차 때문에 자주 연락하지 못했던 친구, 나를 보러 외국에서 비행기로 날아온 친구 등등.

그들과 나누었던 모국어로의 대화, 그들과 먹었던 모국의 식사와 주전부리. 무거운 몸과 마음으로 들어갔던 서울에서 나는 회복되었다. 1997년 3월 도쿄 신오오쿠보의 한국식당에서 먹었던 곱창전골처럼 그들은 나를 회복시켰다.

둔해빠진 난 이제야 알게 되었다. 든든한 내 버팀목의 정체를. 내가 누구였는지. 어쩌다 내가 낯선 타지를 떠돌다 낯선 남자를 만나 엉뚱하게 결혼해서 이곳에 살게 되었는지. 아직도 가끔씩은 사무치게 낯선 파리에서 어떻게 외로움도 우울함도 버텨낼 수 있었는지.

수많은 생각과 욕망, 걱정들에서 놓여나 따뜻한 휴식이 허락되는 곳, 마음이 통하고 서러움이 사라지는 곳. 친구라는 공간이다. 언제나 똑같은 자리를 맴돌던 우울하고 소심했던 나는 그 공간 안에서 꿈꾸고 성장하여 지금의 내가 된 것임을 깨닫게 되었다.

한국에 다녀 온 후, 활기찬 나에게 남편이 던진 질문의 답이 생각났다.

"뜨끈한 국물 한 그릇 하고 왔어."

남편의 파란 눈동자가 가늘어진다. 고개를 갸우뚱 기울이다 싱긋 웃는다.

차례

1

가슴이 시키는 것은
철없다 생각하는 것들이다

다른 세상으로 들어가는 열쇠, 친구

핫산Hassan의 아버지가 탈레반에게 살해당했다.

내 친구 베로니크Véronique는 몇 년 전부터 난민들에게 프랑스어를 가르치고 있다. 핫산은 베로니크가 가장 아끼는 학생이다. 3년 전 겨울, 나는 베로니크의 난민 수업시간에 참여한 적이 있다. 그때 핫산을 처음 만났다. 커다란 눈에서 빛이 나는 청년이었다. 왠지 낯설지 않았다. 그가 뿜어내는 건전하고 강인한 눈빛을 어디선가 본 듯하다.

프랑스로 망명하기 전까지 핫산은 가족과 함께 파키스탄에서 살았다. 고향 아프가니스탄에서는 도저히 살 수 없었다. 파키스탄에서도 핫산네 일가의 생활은 편치 않았다. 난민 제도가 잘 되어 있는 프랑스로 망명을 계획했다. 장남인 핫산이 프랑스로 망명한 후, 가족들을 불러들일 생각이었다. 온갖 역경을 겪으며 핫산은 무사히 프랑스에 도착했지만, 가족들을 불러들이는 일은 생각만큼 간단치 않았다. 그의 아버지는 남아 있는 차남과 며느리, 손자와 먹고 살길이 막막했다. 결국 아프가니스탄에 두고 온 집을 팔아 생활비를 마련하려고 카불에 갔다가 탈레반에게 변을 당하고 말았다.

핫산은 아버지가 돌아가신 것 이외엔 파키스탄에 남아있는 가족의 상황을 알 수 없었다. 그의 가족은 전화가 없었다. 다들 문맹이라 편지조차 쓸 수 없다. 아버지 시신을 찾고 가족들 상황을 알기 위해 파키스탄에 다녀와야 했다. 비행기 왕복권과 가족에게 얼마라도 주고 올 돈이 필요하다. 핫산의 딱한 소식을 알게 된 베로니크는 그를 돕기 위해 친구들에게 모금하기로 마음먹었다. 그래서 내게도 핫산의 소식을 알린 것이다.

그날 저녁, 남편과 나는 핫산에게 얼마를 보낼지 의논 중이었다. 베로니크에게 전화가 왔다.

"모금을 안 하기로 했어. 핫산이 우리의 도움을 받지 않겠대. 이해할 수 있을 거 같아. 스물여섯 살 청년의 자존심이지…."

문득, 처음부터 낯설지 않던 핫산과 닮은 눈이 또렷하게 떠올랐다. 유진.

어릴 적 내 삶은 고단했다. 심하게 내성적인 성격 탓이다. 나이 들어 알게 된 사실이지만 대부분의 내성적인 사람들은 차갑다. 마음속에 만들어 놓은 자기만의 방에 들어가 문을 잠그고 있다. 사람들과 교류가 없으면 사람은 차가워지기 마련이다. 차가운 사람도 가끔은 사람들과 어울리고 싶다. 하지만 갑자기 방문을 열고 뛰쳐나오는 건 아무리 생각해도 생뚱맞다. 무엇보다 내겐 내 방을 열 수 있는 열쇠가 없다. 누군가가 내 방문을 열고 들어와 나를 끌어내주길 바라지만 아무도 그 누군가가 되어주진 않는다. 나는 내가 만든 마음속 방구석에 틀어박혀 그곳을 빠져나오지 못해 우울했다. 우울은 무척 고단한 감정이다. 고달픈 삶을 살면 행동도 굼뜨다. 수업이 끝나고 책가방을 챙기는 일조차 나는 반에서 꼴찌였다.

그날은 꼴찌를 면했다. 유진이 아직 앉아 있었다. 교실을 나오기 전 그 아이 쪽을 돌아봤다. 유진은 울고 있었다. 모른 척하기엔 왠지 겸연쩍다.

"무슨 일 있어?"

"돈을 잃어버렸어."

별일 아니다 싶다. 그렇다고 그냥 교실을 나와 버릴 수도 없다. 아무 말 없이 서 있는 나에게 유진이 이야기했다. 그 돈은 야간고등학교에 다니는 오빠가 공장에서 일을 해 벌어온 것으로 유진네 가족의 일주일치 쌀값이었다. 당장 저녁에 먹을 쌀이 없다.

그날 저녁, 밥을 먹는 게 미안했다. 저녁을 굶고 있을 유진네 가족이 걱정되어 엄마에게 이야기했다. 엄마는 자기가 학교 다닐 때나 있던 일이라며 허공을 바라보더니 말했다.

"내일 엄마가 도시락을 두 개 싸줄게. 도시락을 친구한테 주기 전에 도시락을 줘도 되겠냐고 먼저 물어보고, 좋다고 하면 줘야 한다."

다음 날 아침, 도시락 두 개가 든 책가방은 무거웠지만 발걸음은 가벼웠다. 유진을 교실 밖 복도로 잠깐 불러냈다.

"어… 있잖아… 우리 엄마가 너한테 도시락을 싸줘도 되겠냐고… 네가 원하면 그렇게 하겠다는데… 너한테 물어보라고… 그러니까… 네가 원하면 그러겠다고…."

유진의 눈치를 살피며 횡설수설 말을 꺼냈다. 전날 저녁, 엄마가 왜 그런 당부를 했는지 그제야 비로소 알 것 같다. 나라면 동정 따위 받고 싶지 않다고 화를 낼 것 같았다. 거절할까봐 불안했다.

유진의 반응은 예상과 달랐다. 분명 빙긋 웃었다.

"그래 주신다면… 감사하지…."

무안한 표정으로 창문 너머 운동장을 응시한다.

"사실은… 있잖아… 오늘 네 도시락 벌써 싸왔어."

"내가 싫다고 하면, 네가 두 개 다 먹을 생각이었어?"

유진은 풉, 하고 웃음을 터뜨렸다.

점심시간 내 가방에서 도시락을 꺼내 유진에게 주는 것을 다른 아이들이 볼까봐 신경 쓰였다. 다음 날부터 학교에 일찍 갔다. 아무도 없는 교실에서 유진의 책상 서랍에 도시락을 넣었다. 엄마는 아이들이 눈치 채지 못하도록 내 도시

락과 유진의 도시락 반찬을 다른 것으로 쌌다. 서랍 안에서
도시락을 발견한 유진은 나를 쳐다보며 또다시 무안한 미
소를 지어 보였다. 나도 미소로 응답했다. 둘만의 은밀한
미소. 짜릿했다.

　유진의 아빠는 매일 술을 마시고 술에 취해 엄마를 때렸
다. 그런 남편을 견디지 못해 유진의 엄마는 집을 나갔다.
아빠의 술주정은 유진과 오빠에게 쏟아졌다. 오빠는 동생
을 보호하고 먹여 살리기 위해 할 수 있는 것은 다했다. 오
빠는 고작 열일곱 살. 전두환 군사정권 시절이다. 대학생인
유진의 언니는 수배중이라 집에 들어올 수 없었다. 전두환
과 그 아내가 해외순방을 마치고 돌아올 때면 청와대 근처
학교에 다니던 우리는 수업을 받는 대신 종이 태극기를 흔
들기 위해 거리로 나가야 했다. 그 부부를 볼 때면 유진은
언니가 보고 싶다고 했다.
　가끔 유진의 엄마가 학교로 찾아왔다. 딸과 똑같이 생긴
엄마는 매번 울었고, 딸은 엄마 앞에서 애써 웃었다. 복도
창가에서 나는 모녀를 훔쳐봤다. 유진의 오빠가 우리에게
떡볶이를 사줄 때 난생처음 마음속으로 누군가를 응원했

다. 나만의 방에서 문을 열고 나와 다른 이의 이야기 속으로 들어가기 시작한 것이다. 방문을 열고 나오는 일은 생각만큼 생뚱맞지 않았다.

커다란 눈과 불우했지만 똑똑한 것까지 핫산과 유진은 닮았다. 유진은 어려운 환경에도 공부를 잘했다. 열네 살 사춘기 소녀의 자존심은 스물여섯 살 청년의 자존심 못지않았을 것이다. 유진은 어떻게 웃으며 도움을 받아들일 수 있었을까?

그것은 용기다. 도움을 구하고 받을 수 있는 것은 자존심보다 강한 용기다. 유진은 내가 자신의 이야기 속으로 들어갈 수 있게 문을 열어줬다. 그녀의 용기가 열쇠였다. 용기는 자기 이야기 속으로 당당하게 상대방을 초대할 수 있는 진정한 자존심이다. 베로니크에게 메일을 썼다. 핫산을 닮은 친구 유진에 대해 이야기했다. 며칠 후, 베로니크는 핫산이 용기를 냈다는 소식을 전하며 기뻐했다.

그 후로 2년이 흘렀다. 얼마 전 베로니크의 문자를 받았다. 핫산과 함께 리옹 공항으로 향하고 있다는 기쁜 메시

지. 핫산의 부인과 아이들이 프랑스 리옹행 비행기를 타게
된 것이다. 남편과 나는 이번 주말에 리옹 근처로 여행을
간다. 핫산의 가족을 볼 수 있을 거 같아 설렌다.

나는 더 이상 투명인간이 아니다

"이름이 뭐야?"

"… 이… 주… 영."

내 대답이 늦었던 건지, 그 아이의 동작이 빨랐던 건지 알 수 없다. 그 아이는 이미 내 앞에 없다. 고등학교 첫날, 내 이름이 궁금했던 아이는 교실 여기저기를 돌아다니며 플라스틱 자로 아이들을 쑤셔대며 설치고 있다. 그러다 얻어맞고 그래도 좋다고 웃고 있다. 외롭지 않아 보이는 그 아이가 부럽다. 얼굴에 '개구쟁이'라고 쓰여 있는 그 아이의 이름은 이연경.

쉬는 시간, 연경은 또 말없이 앉아 있는 아이 곁에 다가 갔다.

"이름이 김금순이야?"

금순은 홍당무처럼 빨개져서 고개를 끄덕였다. 연경은 들고 있던 커터 칼을 치켜들며 눈을 희번덕거린다. 무서워 야 되는데 왠지 웃기다.

"굳세어라! 금순아!" 큰소리로 외쳤다.

곧바로 금순의 책상 위에 일곱 글자가 새겨졌다. 어느 날 담임이 금순의 책상 위에 새겨진 일곱 글자를 발견하고 버럭 소리를 질렀다. "누가 그랬어?!"

"제가 그랬어요….."

연경은 굼벵이처럼 꿈틀꿈틀 일어서며 자백했다.

"아침 자습 끝나는 대로 교무실로 와!"

담임은 화가 났다기보다 기가 찬 듯하다. 연경은 대답 대 신, 인중에 공기를 볼록 넣더니 머리를 벅벅 긁어 원숭이 흉내를 냈다. 아이들도 선생님도 웃음을 참지 못했다.

야간 자율학습 시간마다 연경은 무슨 장난을 칠까 궁리 했다. 늦은 밤 창밖으로 대걸레를 늘어뜨려 밑에 반 아이들을 기절초풍하게 만들었다. 아이들의 괴성을 듣고 달려온 선생은 창밖에서 미친년 널뛰듯 흔들리는 대걸레를 보고 곧장 우리 반으로 올라왔다. 선생이 도착했을 때, 연경은 여전히 창밖으로 상반신을 내민 채 신나게 대걸레를 흔들고 있었다. 나는 연경이 떨어질까 걱정되어 그녀의 허리춤을 꽉 잡고 있었다. 우린 딱 걸렸다.

복도 마룻바닥을 닦아야 하는 벌을 받았다. 연경이 혼자 기획하고 행동에 옮긴 장난이었다. 그런데 억울하지 않았다. 기분이 좋았다. 튀는 행동을 할 수 없는 내성적이고 평범한 외모의 나는 무명인이다. 무명인은 벌을 받지 않는다. 투명인간. 아무 눈에도 보이지 않는 존재감 제로인 존재.

다음날 복도의 윤기를 내기 위해 연경은 기름을 가져와서 마룻바닥에 왕창 부었다. 덕분에 우린 5분 만에 청소를 마쳤다. 기름이 흥건한 마룻바닥 위에서 영어선생이 넘어졌다. 다치지는 않았지만 그의 양복이 기름범벅이 되었다. 그 벌로 일주일 동안 선생들의 탕비실을 청소해야 했다. 억울하지 않다. 벌을 받는 것이 재밌어졌다.

탕비실 쓰레기통을 비우는 일은 따분한 일이었다. 우리

는 쓰레기 봉지를 창밖으로 던졌다. 청소를 마치는 대로 창밖에 던져놓은 쓰레기 봉지를 쓰레기장으로 가지고 갈 생각이었다. 창밖으로 쓰레기 봉지를 던지는 순간, 지나가던 수학선생이 보고 말았다. 탕비실 청소가 일주일 연장되었다.

탕비실 청소를 그만해도 되던 날, 나는 무척 아쉬웠다. 연경과 둘이서 청소하는 것이 좋았다. 연경이 내 이름을 물어 본 순간부터 왠지 그 아이가 마음에 들었다. 나는 못 말리는 개구쟁이 옆에서, 소리 내어 웃고 쉬는 시간 큰소리로 떠들기 시작했다. 쪽지시험 시간에 대범하게 정답지를 돌리기도 했고, 주말에도 친구들을 만났다.

친구가 없는 낯선 교실에서 헤어진 친구들을 그리워했다. 그리움은 사람을 더 외롭게 한다. 더 이상 헤어진 친구들이 그립지 않았다. 친구는 그리운 존재가 아니라, 옆에 있는 존재였다. 내 옆에 있는 친구들 눈에는 또렷하게 내가 보인다. 나는 더 이상 투명인간이 아니었다.

프랑스, 이곳에서 나를 한번 본 사람은 나를 기억했다. 그런데도 나는 그들에게 투명인간처럼 느껴진다. 인사할 때만 잠깐 보이는 존재. 만나서 몇 분이 지나면 나는 점점 투명해지는 듯했다. 그것은 무척 지루한 일상이었다. 중년의 나이에 다시 투명인간이 된 나는 더 무기력했고 우울했다. 4년 만에 한국으로 가기 전 친구들과 가족들을 만난다는 생각도 나를 들뜨게 하지 못했다. 그저 장시간 비행이 부담스러웠다.

서울에 도착해 연경을 만나러 가는 날.

횡단보도 건너편에 연경이 서 있는 게 보인다. 나를 알아보자마자 그녀는 외쳤다.

"설사야!"

설사, 오랜만에 들어보는 내 별명이다. 30년 전 야간 자율학습 시간에 연경이 내게 붙여준 뜬금없는 별명이다. 본인도 왜 그런 별명을 붙여줬는지 모르는 걸로 봐서 그냥 장난이 치고 싶어서 붙인 별명인 게 분명하다.

하얀 얼굴에 숏커트, 그녀는 30년 전 모습 그대로다. 표정은 예전만큼 밝아 보이지 않았다. 그녀는 힘들었던 그동안의 시간을 이야기했다. 나는 같이 장난치던 그 시절엔 하지 못했던 내 이야기를 해주었다. 늦은 시간까지 나의 이야기를 들은 연경은 헤어지기 전 수줍은 듯 말했다.

"우리 설사밖에 없구나."

예전의 해맑게 개구진 미소가 그녀의 입가를 스친다. 친구의 눈 속에 내 얼굴이 보인다. 내 몸이 다시 온갖 색깔들로 채워진다. 나는 또다시 더 이상 투명인간이 아니다.

파리 공항에 도착해 핸드폰을 켜는 순간, 밀려드는 메시지로 카톡이 카카톡대고 있었다. 연경의 메시지들이다.

'설사야. 널 다시 볼 수 있어서 더 없이 좋다.'

공항 수하물 대기실에서 짐 도착을 기다리는 내내 연경이 보낸 메시지를 읽고 또 읽었다.

인생, 그냥 가는 거다

남편이 오이피클 껍질이 두껍다고 투덜댄다. 갑자기 웃음이 빵터졌다.

"왜… 그래…?"

남편은 내가 드디어 미친 것이 아닌가 걱정되면서도 혹시 그 웃음이 태풍전야 같은 것이 아닐까 공포에 떠는 표정이다. 그날 저녁 남편이 오이피클 껍질이 두껍다고 말하기 전까지 내 기분은 엉망이었다.

"혼자서도 해 봐야지. 언제까지 내가 널 따라 다니며 챙

길 수는 없잖아."

전날 밤, 남편에게 우체국 비과세 통장을 만들러 같이 가
달라고 했을 때 돌아온 대답이었다. 남편의 반응이 서운하
기보다는 더럽고 치사했다.

"알았어! 내일 나 혼자 갔다 올게!"

욱해서 큰소리치고 말았다. 잠들기 전 '비과세 통장'을
프랑스어로 뭐라는지 사전을 뒤적였다.

다음날 오후, 우체국으로 향하는 내내 아무리 그러지 않
으려고 해도 자꾸 '비과세 통장을 개설하고 싶습니다.'라는
문장을 프랑스어로 되뇌는 내가 싫었다.

"저…, 비과세 통장을 제공하고 싶습니다."

직원은 '뭔 소린가?' 하는 표정으로 나를 쳐다본다.

아차, '우브리흐ouvrir(열다, 개설하다)'라고 한다는 것을 '오
프리흐offrir(주다, 제공하다)'라 하고 말았다. 밤낮으로 연습한
한 줄짜리 대사를 못 쳐서 감독한테 '겨우 한 줄 대사도 못
외우냐?!'고 모욕당한 엑스트라 배우의 심정이었다. 창피
하고, 당황스럽고, 비참하다. 그런 내가 너무 싫다. 자기 자
신이 밉고 싫은 사람은 숨바꼭질을 좋아한다. 머리터럭 한
올이라도 보일까봐 꼭꼭 숨는다. 나는 숨을 곳이 없다. 다

시 한 번, 연습한 한 줄 대사를 천천히 읊었다. 이번엔 내 말을 알아들은 듯했다.

"저에게 당신의 전화번호를 남겨두고 가세요.(눈 맞춤) 그러면 은행 업무를 담당하는 사람이 당신에게 전화를 할 것입니다.(눈 맞춤) 그때 약속을 잡으세요.(눈 맞춤) 그리고 약속한 날짜와 시간에 다시 오세요.(눈 맞춤) 알아들으셨어요?(눈 맞춤)"

바보가 된 것 같다. 빨리 그곳을 벗어나 어딘가로 숨어버리고 싶다. 얼른 전화번호를 남겨두고 우체국을 도망치듯 빠져나왔다.

여기 오기 전 일본과 이탈리아에서도 그곳 언어에 익숙해지기까지 나는 무수히 많은 실수를 했었다. 새삼 무엇이 나를 이렇게 주눅 들게 만드는지 알 수가 없다. 내가 어쩌다 이곳까지 와서 이렇게 초라해졌는지. 땅거미 내린 18세기풍 화려한 건물 사이에서 나는 한없이 움츠러든다. 눈앞이 흐릿하다.

그날 저녁, 우체국에서의 일을 남편에게 말하며 스스로 비참했다. 안쓰러웠던 모양이다. 남편이 다음엔 동행할 테니 약속을 토요일로 잡으라고 했지만, 내 기분은 전혀 나아지지 않는다. 그런데, 갑자기 내가 웃음을 터뜨렸다. 남편이 공포스러울 만도 하다.

엉뚱한 이유였다. 예전에 할머니가 이웃집에서 선물 받은 오이피클을 '오이지'인 줄 알고, 오이피클의 두꺼운 껍질을 벗긴 뒤 꽉 짜서 갖은 양념으로 무쳤던 것이 생각났다. 그것을 먹은 고모가 그 맛은 한마디로 '요상한 맛'이라고 했는데, 그때 고모의 부산사투리와 표정이 생각나서 웃음이 터졌다. 한바탕 웃고 나니 이번엔 오이지무침이 먹고 싶어졌다. 오이지라면 윤정이 도시락 반찬으로 싸오던 새카만 오이지만한 게 없다. 생각은 신기하게도 꼬리의 꼬리를 문다. 그 각각의 꼬리는 무척 비슷한데, 첫 꼬리와 마지막 꼬리는 전혀 닮아있지 않다. 두꺼운 오이피클 껍질이 윤정과 연결되다니. 생각은 마치 '말 전달하기 게임' 같다.

경주로 떠난 수학여행 셋째 날 새벽, 우리는 토함산 일출을 보러가야 했다. 중턱쯤 올라갔을 때 도저히 더 걸을 수 없었다. 나는 가뜩이나 뚱뚱한 몸에 저질체력이었다. 바닥에 털썩 주저앉아, 선생한테 하산하겠다고 했다. 하얗게 질린 내 얼굴을 본 선생도 그러라고 하던 찰나였다.

"뭔 놈의 하산? 해돋이 봐야지! 선생님, 제가 이 놈 책임 질 테니 걱정 마세요."

윤정은 육중한 나를 반쯤 업고 막무가내로 산을 올랐다. 질질 끌려 올라간 토함산 정상, 나는 윤정의 어깨에 기대어 태어나서 처음으로 해돋이를 봤다.

윤정은 선머슴 소녀다. 밥을 먹을 때도 팔로 기억 자를 그리며 퍼먹는다. 말투도 몸집도 씩씩했다. IQ가 좋아 수업만 들어도 공부를 곧잘 했지만 왠지 EQ는 낮지 않을까 의심스럽다.

"자식, 정말 무겁더만. 껄껄. 그래도 너한테 일출을 꼭 보여주고 싶었지."

"왜 그러고 싶었어?"

"짜샤, 왜가 어딨어? 넌 내 친구잖아."

낯간지러운 소리를 이렇게 대놓고 할 수도 있다.

윤정은 몇 년 전, 남편과 아이들을 데리고 미국으로 이민을 갔다. 그 곳에서 5년을 살고, 인종차별이 심해 더 이상 미국에 있으면 아이들 교육에 좋지 않을 거 같다며 짐을 싸들고 한국으로 돌아왔다. 귀국한 지 얼마 안 된 윤정을 만났었다.

그녀는 작은 신문사 기자였던 남편 월급으로는 의료보험도 없는 미국에서 살기 힘들어, 샌드위치 가게에서 아르바이트를 해 가며 아이들을 키웠다.

"너 이제 영어 잘하나 보다. 아르바이트도 하고 말야."

"개뿔! 내가 무슨 영어를 잘해!? 넌 일본서 아르바이트 할 때, 일본어 잘해서 했냐?"

"어느 정도는 해야 되는 거 아녀?"

"영어가 무슨 문제냐? 급하면 다 해. 다 할 수 있게 돼."

껄껄 웃으며 말했다.

"급해서든 어째서든 부딪히고 보는 네 용기가 부럽다."

"뭔 놈의 용기? 급하면 다 한다니까! 너 예전에 수학여행 갔을 때, 토함산 못 올라간다고 선생님한테 하산하겠다고 했지? 짜식, 도 닦았냐? 하산하게? 하여튼 엄청 웃기는 놈이라니까. 아무튼, 그날 결국 너 정상까지 올라가서 일출 봤지? 일출 보면서 너 댑따 좋아한 거 기억하냐? 다, 그런 거야. 그냥, 해야 할 일은 막무가내로 밀어붙이면 다 할 수 있는 거야."

집에 오는 길에 윤정한테 문자메시지가 왔다.

'친구야, 아자 아자 화이팅! 인생, 그냥 가는 거야!'

참 윤정스러운 문자였다.

다음 날, 우체국 은행업무 담당자에게서 전화가 왔다. 화요일, 목요일 오후 2시에서 4시 사이 또는 토요일 11시, 편한 날짜와 시간을 고르라고 했다.

"화요일 2시로 할게요."

해야 할 일은 막무가내로 밀어붙이면 다 할 수 있다. 인생, 그냥 가는 거다.

철없는 사람 눈에만 보이는 것

그해 1월, 해외여행이 자유화되었다. 지혜를 따라 〈이규형의 배낭여행 콘서트〉에 갔다. '배낭여행'이란 용어조차 새롭던 시절이라 배낭여행을 소개하는 강연회 형식의 콘서트다. 엄마의 표현을 빌리면 '철없는 아이들 허파에 바람 넣는 콘서트'였다. 우리는 단시간에 목돈을 벌어야 했다. 그해 여름 외국으로 배낭여행을 떠나기로 했다. 어디라도 상관없다. 그저 외국이면 된다. 같은 해 여름, 우리 또래 누군가도 목돈이 필요했을 것이다. 그녀의 목적지는 분명했다. 평양축전.

우리는 강남의 화려한 가든식 불고기집에서 설거지를 했다. 허리 디스크로 고 3때 한 달 간 휴학했던 딸내미가 하필이면 허리에 아주 안 좋은 노동을 하자 엄마는 불같이 화를 냈다. 하루 하고 그만두었다.

며칠 후, 지혜를 따라 간 곳은 시계공장이었다. 시계공장 사장은 노동자 선동을 위한 위장 취업자가 아닌지 우리를 유심히 살피는 눈치다. 그런 면접이라면 우리에겐 식은 죽 먹기다. 무사히 통과했다. 우리가 그곳에서 무슨 일을 했는지 기억이 가물가물하다. 스탠드 불빛 아래서 시계를 조립하는 듯한 지혜의 모습이 어슴푸레 떠오른다. 시계공장 일은 지혜 엄마가 불같이 화를 냈다. 하루 만에 그만 두었다. 매번 하루를 넘기지 못하고 일을 그만 두었다. 부모님이 화를 내거나, 시간이 없거나, 귀찮거나, 몸이 아팠다. 결국 우린 돈이 없어서 배낭여행을 포기했다.

포스트모더니즘이 문화코드로 등장하기 시작했다. 민주화운동으로 대변되던 80년대 젊은이들에게 가려졌던 족속들이 등장한다. 압구정파, 오렌지족, 야타족 같은 급조된 명명으로 분류된 인간들이 불쑥불쑥 나타났다. 언론은 포스트모더니즘을 대변하는 인물들로 연일 이 인간들을 포장했다.

지혜는 TV에서만 본 포스트모더니스트가 되기로 마음먹은 듯했다. 로데오거리의 카페로 나를 끌고 다녔다. 발음하기 힘든 음료수만 골라 유창한 발음으로 시켜 마시며 세련됨을 과시했다. 집으로 돌아오는 지하철 안에서 지혜는 항상 눈이 아프다고 했다. 위화감은 마음보다 몸부터 지치게 만드는 법이다. 눈을 감고 지하철에 앉아 있는 지혜는 진정한 포스트모더니스트 같기도 했다. 감성과 이성을 아슬하게 비켜가는 포스트모더니스트.

한동안 소식이 없다가 나타난 지혜의 얼굴은 말이 아니었다. 며칠 동안 먹지도 자지도 못했다고 한다. 손에는 전단지를 들고 있다. '복돌이'를 찾는 광고다. 복돌이는 지혜가 초등학교 때부터 키우던 강아지다. 동사무소에 사정해서 동네 확성기 광고까지 했지만 찾지 못했다고 눈물을 뚝뚝 흘렸다. 복돌이는 누런색 똥개라서 아저씨들한테 잘못 걸리면 된장발리기 딱 좋은 스타일이다. 지혜에게 차마 그 소리는 못하고 같이 전단지를 붙이러 돌아다녔다. 며칠 후 다행히 복돌이가 돌아왔다. 아파트에서 키우는 게 딱해서 지혜 엄마가 마당 있는 집에 몰래 줬는데 지혜가 먹지도 자지도 않고 밤낮 울어대서 다시 데리고 온 것이다.

입시 준비는 지옥이었다. '헬조선', 지혜와 내가 30년 전에 이미 사용했던 말이다. 입시만 마치면 그 지옥 같은 곳에서 빠져나오리라 마음먹었다. 입시를 마친 후, 나는 유학을 선언했다. 지혜는 헬조선에 당분간 남아 있어야 한다고 했다. 복돌이를 지옥에 남겨둘 수 없기 때문이다.

"아무리 생각해도, 복돌이를 두고 떠날 수는 없어. 내 마음이 그래."

지혜는 마음이 시키는 일을 하는 것에 거리낌이 없다. 어떨 땐 대단해 보이고, 어떨 땐 철딱서니 없어 보이지만 지혜와 있을 때 나는 마음이 편하다. 내가 아무리 엉뚱한 마음을 먹어도 지혜에겐 엉뚱한 일이 아니다.

나는 학업에 대한 어떤 포부도 없다. 무슨 공부를 하러, 어느 나라로 유학을 갈까도 생각해보지 않았다. 그저 외국이면 되었다. 그곳에서 일단 그 나라 언어부터 배우고 보자 생각했다. 한국을, 무엇보다 우리집을 벗어나고 싶다. 이런 생각에 찬성할 부모가 과연 있을까? 나는 밥을 굶었다.
단식투쟁 소식을 들은 친구들의 반응은 다양했다. 연경은
'큭큭'거렸고, 토함산 꼭대기까지 뚱땡이를 끌고 간 윤정은
'나, 참!' 했다. 지혜는 칭찬해 주었다.

　"잘하고 있어!"

　지혜의 반응에 내가 하는 짓이 과연 칭찬까지 받을 짓인
지 헷갈렸다.

　부모님이 결국 허락했다. 일본으로 정해졌다. 한국에서
가깝고 홈스테이할 수 있는 아빠의 지인이 있기 때문이다.
단식투쟁 일주일 후였다.

　일본행 유학을 진심으로 응원해 준 사람은 철부지 내 동
생과 지혜 단 둘뿐이다. 둘만이 나를 이해할 수 있는 능력
을 가진 듯했다. 철없는 사람 눈에만 보이고 들리는 것이
있다. 그것은 생각보다 묘하게 복잡한 것일 때가 많다.

　방학이 되어 일본에서 돌아올 때면 지혜에게 유학생활이
쉽지 않다는 하소연을 했다.

　'네가 택한 길이니 그 정도는 감수해야지.' 당시 친지들
에게 가장 많이 듣던 차가운 한마디였다. 지혜는 한번도 그
런 말을 하지 않았다. '조금만 더 기운을 내자.' 언제나 청

유형이었다. 청유형은 명령형이 지니지 못한 카리스마가 있다. 카리스마는 다정함이다. 나는 혼자 힘겹게 유학하고 있는 것이 아니었다.

도쿄에서 공부를 마치고 돌아와 사회생활을 시작하고 몇 년이 지나자 복돌이 옹이 세상을 떠났다. 지혜는 런던으로 떠났다. 1년 후 런던에서 공부를 접고 다시 뉴질랜드로 떠났다. 런던을 떠난 이유는 단지 비가 너무 많이 오고 춥다는 이유였다. 기가 막혀 웃음이 났다.

"왜 호주도 아니고 뉴질랜드야?"

"날씨도 좋고… 음… 그냥 내 마음이 그러래."

됐다 싶다. 가재는 게 편이고 지혜는 내 편이듯, 나는 철 딱서니 없는 지혜 편이다.

마음이 시키는 짓과 우리가 철없다 생각하는 짓의 차이는 거의 없다. 마음이 시키는 짓을 그대로 하고 사는 사람들이 많지 않기 때문에, 지혜처럼 살면 철없다 소리를 듣게 되는 것일 뿐이다. 아니다. 마음이 시키는 짓을 따르지 못하는 대부분의 사람들은 지혜처럼 사는 사람들을 철없다 몰아세운다. 일종의 질투심이다.

얼마 전 지혜와 같이 삼청동 골목길을 걸었다. 오래된 양옥집 옥상에 하얀 진돗개가 부동자세로 우리를 내려다보고 있었다. 하도 움직이지 않아서 조각상인가 생각할 즈음, 지혜가 갑자기 두 팔을 번쩍 들어 흔들었다.

"안녕~ 백구야~ 안녕~."

아이처럼 웃으며 깡충깡충 뛰고 있다. 아줌마 지혜는 여전히 철딱서니 없어 다정하고 사랑스럽다.

2

다른 삶은
다른 인연으로부터 온다

너그러운 감시자가 나를 응원한다

그는 연 핑크색 티셔츠에 데님 멜빵바지를 입고 나타났다. 왼쪽 멜빵은 일부러 채우지 않고 늘어뜨린 것으로 봐서 신경 써서 연출한 패션인 듯하다. 느지막이 나타난 멜빵바지는 교실 맨 뒷자리에 엉덩이를 반쯤 걸치고 거만하게 앉았다. 궁금하다. 어느 나라 사람일까?

드디어 일본어 학교에서 첫 수업이 시작되었다. 강사가 한 명 한 명 출석을 불렀다.

"이잔원 상"

멜빵바지가 왼손으로 턱을 괸 채, 오른손을 반쯤 들었다

내리며 성의 없이 대답했다. 아마도 이름이 '이장원'인 모양이다.

쉬는 시간, 그 옆에 앉아 있던 한국 여자아이가 말을 걸기 시작했다. 그는 그 아이와 눈도 마주치지 않고 건성으로 대답했다.

"선탠 하셨어요?"

"쳬! 그런 거 안 해요."

"얼굴이 까무잡잡해서 한국 사람인지 몰랐어요."

"며칠 전에 스키장에서 썬크림 바르는 걸 잊었어요."

"운동하세요? 몸매가 운동선수 같아요!"

"골프 쳐요."

꽤나 있는 집 자식인 듯한데 곱게 자란 자식 같아 보이지는 않는다. 대부분의 한국인 남학생들은 아르바이트를 하지 않으면 유학생활을 할 수 없었기에 그런 장원을 무척 싫어했다. 남학생들한테 은따를 당했던 장원은 한국인 여학생들과 간간히 말을 섞곤 했다.

어느 날 아침, 그가 흰 우유 한 팩을 내 책상 위에 올려놓았다.

"뭐야?"

"우유."

"??"

"마셔."

다음날도 장원은 내 책상 위에 우유 한 팩을 놓았다. 그리고 또 그 다음 날에도. 매일 우유를 사들고 나타나 내게 주었다. 이유를 알 수 없었다.

"왜 맨날 나한테 우유를 사주는 거야?"

"사주면 그냥 마시면 된다."

만사가 귀찮은 듯 말했다.

"이왕이면 딸기우유로 사주지."

"거 몸에 안 좋다."

우유를 사주고 마시는 사이가 되면서 우린 제법 친해졌다. 우유 사주고 마시는 관계는 누가 봐도 사귀는 사이로 보일 것이다. 나보다 두 살 많은 그를 의식적으로 '오빠'가 아닌 '형'이라고 불렀다. 한국에 두고 온 남자친구가 있었고, 장원은 내 취향도 아니다.

빠듯한 유학생활을 하고 있던 나에게 장원은 과외 아르바이트 자리도 소개시켜 주었다. 아르바이트가 끝나는 시간에 맞춰 어디선가 나타나 라멘과 교자를 사주곤 했다. 내가 교자를 맛있게 먹는 모습을 보면서 제법 다정하게 말했다.

"맛있냐? 많이 먹어라."

고마웠지만, 혹시 장원이 나를 좋아하는 게 아닌가 걱정된다.

"형, 나 좋아하는 거 아니지?"

입 안 가득 교자를 먹으며, 건성인 척 물었다.

"아주 지랄을 해요. 그리고, 입에 있는 거 다 삼키고 말해!"

그는 버럭 짜증을 냈다.

'다행이다.' 교자를 꿀꺽 삼키며 안도했다.

장원은 방배동 '오렌지족' 출신이다. 그럼에도 고지식하다. 청바지를 찢어 입지 마라, 어른한테 인사를 해라, 입안에 음식을 넣고 말하지 마라, 딸기 우유는 몸에 안 좋다. 웬만해서는 마음에 드는 것도 없다. 늘 꼬투리를 잡고 투덜대며 삐딱선을 탄다. 여자아이들도 더 이상 그를 좋아하지 않는다. 장원은 아이들이 자기를 따돌리는 것에 신경도 쓰지 않았다. 그러든지 말든지, 하는 표정으로 교실 안에서 벌어지는 일들을 맨 뒷자리에서 관찰하듯 턱을 괴고 지켜봤다. 고독하고 쿨한 오렌지다.

장원이 사흘이나 무단결석을 했다. 나흘째 되는 날 그는 퉁퉁 부운 얼굴로 학교에 나타났다.

"형! 어디 아팠어? 왜 학교에 안 온 거야? 전화도 안 받고… 걱정했잖아."

"한국에 갔다 왔다."

"갑자기 왜?"

"수지 결혼식에 갔다 왔다…."

수지는 장원이 일본으로 오기 전에 헤어졌다는 애인이다. 자기가 먼저 쿨하게 헤어지자 했다며 자랑까지 한 주제에 그녀의 결혼식에 다녀온 것이다. 퉁퉁 부운 눈으로 봐서 많이 울었던 모양이다.

"그랬구나… 난 어디 아픈가 했는데, 진짜 많이 아팠구나… 형… 괜찮아? 기운 내."

"이젠 다 끝난 일이다. 됐다. 그런데, 그동안 너 우유는 마셨냐?"

"아니."

"으휴… 가자, 우유 사러."

편의점에서 나는 얼른 딸기우유를 집어 들었다. 장원이
부운 눈으로 피식 웃었다.

장원과 친해지고 시간이 지난 뒤 그가 특별히 부정적이
지도, 그다지 쿨하지도, 전혀 고독하지도 않다는 것을 알았
다. 알고 보니 장원은 아주 단순하고 꽤 무식하다. 그래서
질 좋은 소금 같다. 변하지 않고, 깊은 맛이 있다. 소금만
탁탁 뿌려 구워낸 고등어는 복잡하게 양념한 고등어보다
훨씬 깊고 맛있다. 정겹다. 물리지도 않는다.

얼마 전 장원이 맛집이라며 데리고 간 허름한 식당에서
우린 닭도리탕을 먹었다. 내가 맛있게 먹는 걸 보며 예전처
럼 제법 다정하게 말했다.

"맛있냐? 많이 먹어라."

옛날 생각이 났다.

"형, 그런데 말이야, 그때 나한테 왜 매일 우유를 사준 거
야? 정말 나 좋아한 거 아니지?"

입 안 가득 닭다리를 씹으며 물었다.

"아주 지랄을 하고 자빠지셨어요. 그리고 그 입에 있는 거 다 삼키고 말 못해?"

"그럼, 왜 그랬어?"

"이 노마야, 기억해라. 열심히 살지 않는 사람도 열심히 사는 사람을 보면 좋아한다. 난 그때 네가 열심히 사는 모습이 참 예뻤다. 별것 아닌 우유라도 먹이고 싶었다. 힘내서 계속 열심히 살라고."

부모의 반대에 단식투쟁까지 해서 떠난 유학이었다. 내동생과 지혜를 제외한 그 누구도 그런 나를 이해하지 못했다. 나는 뭔가를 해보이고 싶었다. 이때껏 살아오면서 그렇게 최선을 다해 공부한 적이 없다. 다시는 그렇게까지 뭔가를 열심히 하지는 못할 것이다. 폼생폼사 멜빵바지가 그런 나를 보고 있었는지는 몰랐다. 장원은 너그러운 감시자였던 것이다.

"너는 지금도 그렇게 살고 있을 것이고, 앞으로도 그렇게 살 것이다."

세 아이의 아빠로 대한민국 중년의 아저씨가 된 장원이 흐트러진 자세로 앉아 닭고기를 내 앞접시에 담아주며 깡소주를 마시고 있다.

아무래도, 열심히 살아야 할 것 같다. 친구라는 세심한 감시자의 눈을 피할 수는 없다. 사실 열심히 사는 것은 세상에서 가장 속편한 일이다. 결과가 어떻든 적어도 스스로에게 당당하고 미련이 남지 않으니까. 친구라는 너그러운 감시자가 옆에서 인심 좋게 도와줄 테니까.

진정한 카사노바는 행운이었다

    '그'를 처음 봤을 때, 나는 한동안 눈을 뗄 수가 없었다. 정준호와 송승헌을 섞어 놓은 듯한 초특급 꽃미남이다. 게다가 세련된 매너남이다. 그 주위에는 항상 여자들이 많았다. 그녀들의 국적도 다채로웠다. 그는 무려 9개국의 여자들을 동시에 만나는 신기를 발휘하며 화려한 연애사업을 펼쳤다. 그의 사업에는 엄격한 원칙이 있었다. 순진한 여자와는 하지 않는다는 것. 순수하고 착한 여자를 다치게 하는 것은 '선수'의 도리가 아니다. 진정한 페어플레이어, 자유로운 코즈모폴리턴. 그 자체다.

그와 친해지기 시작한 건 홈스테이를 마치고 기숙사에 들어가면서부터다. 기숙사에서는 토요일 밤이면 자연스럽게 술파티가 벌어졌다. 고교시절 친구의 농담에 껄껄거리며 웃다가 숨을 제대로 고르지 못해 허파에 바람이 들어갔다는 진단을 받은 탓에 그는 술과 담배를 일체 하지 않았다. 그런데 파티는 언제나 그의 방에서 벌어졌다.

　토요일 저녁, 사람들이 삼삼오오 모여들면 그는 가스레인지 앞에 서서 특기였던 술안주용 볶음요리를 시작했다. 요리를 할 때면 그는 언제나 앞으로 두 스텝, 뒤로 두 스텝을 밟으며 춤을 췄고 도저히 파악할 수 없는 멜로디의 노래를 불렀다. 상당한 음치다. 깎아놓은 듯 수려한 외모, 화려한 사생활과 가무의 언밸런스는 당혹스럽기까지 했다.

　그는 그의 방을 찾는 다양한 국적의 여자들에게 매번 비싼 사과를 직접 갈아 주스를 만들어 주었다. 일본의 대중목욕탕은 탕 안에 우유효소나 말린 라벤더, 사과 등을 넣는 테마탕을 운영한다. 기숙사 근처에 있는 대중목욕탕의 테마탕에는 사과가 자주 등장했다. 뜨거운 탕에 들어가 몸을 푸는데 사과가 그의 눈에 들어왔다. 열탕에 반쯤 익은 사과를 알몸으로 들고 나와 냉동실에 부지런히 얼려 두었다.

42° 남탕에서 건져낸 사과는 싱싱한 맛은 없을진 몰라도 대장운동에 좋은 식이섬유는 남아 있었을 거고, 해로운 농약은 씻겨 나갔을 것이다. 한국인 친구들에게는 대중탕의 무농약 사과주스를 대접하지 않았다. 나중에 이 사정을 들은 나는 고마워서 눈물이 날 지경이었다.

어느 날, 그는 자전거를 타고 가다가 전봇대에 부딪히는 사고를 겪었다. 지나가던 일본 여자가 조금만 덜 예뻤다면 앞니 두 개를 지킬 수 있었을 텐데. 그는 말하는 것과 웃는 것을 삼갔다. 이틀이 지난 후에야 입을 열었다.

"완·투·쓰리·포, 소~ 쩍꿍 소쩍꾸웅~"

엄지손가락을 세워 영구춤을 추었다. 망가진 자기를 이용해 모두를 즐겁게 하다니. 잘생긴 영구의 모습은 코믹함을 넘어 해탈의 경지를 연상시켰다. 연경의 명랑함과 지혜의 철딱서니 없는 것과는 차원이 다르다. 이제껏 본 적 없는 새로운 종류의 인간이다. 신선하다. 하지만 그와는 그저 좋을 때만 좋은, 기숙사 생활이 끝나면 자연스럽게 끝나게 될 사이라고 생각했다. 세상의 모든 신선한 것들은 오래가지 못하니까.

가을학기가 시작되고 얼마 되지 않아, 다니던 어학원이 재정 문제로 더 이상 운영할 수 없다고 통보했다. 학교 측에서는 우리에게 다른 학교를 알아보는 데 한 달, 기숙사를 비우는 데 두 달의 시간을 주었다. 학교를 알아보는 일은 그리 어렵지 않다. 문제는 집이다.

부모님께 학교가 문을 닫게 되어 집을 구해야 한다는 말은 할 수 없다. 이때가 기회다, 하고 당장 돌아오라고 할 것이 뻔하다. 집을 구하려면 적어도 방세 두세 달치 보증금과 첫 달 방세가 필요하다. 매달 부모님에게 일정금액을 받다가 이유도 없이 갑자기 큰돈을 한꺼번에 보내달라고 할 수 없다. 대책이 없었다. 막막했다.

아이들이 하나둘씩 짐을 싸들고 기숙사를 떠났다. 결국 나 혼자 남게 되었다. 아무도 없는 텅 빈 기숙사에서 나는 너무 무서워 잠도 제대로 잘 수 없었다.

늦가을 햇살이 눈이 부셔 더 초라해지는 토요일이었다. 텅 빈 기숙사 창밖에서 누군가가 내 이름을 불렀다.

"주영아! 거기 있냐?"

그였다. 뜻밖이다. 너무 반가웠다.

"오빠!"

"지금 혼자서 뭐하고 있는 거냐? 얼른 나와. 나랑 부동산 가자!"

"나 땜에 일부러 와 준거야? 고마워⋯."

"어차피 나도 방 알아 봐야 해. 너무 고마워하지 마."

그는 급한 대로 친구 집에 잠깐 들어가 있다고 했다.

"나, 방 구할 돈 없어⋯ 아직 부모님한테 말 못했어."

"답답아! 방을 구해야 돈도 필요하지. 일단 방부터 구하고, 돈은 나중에 생각하자. 어떻게든 구해지겠지."

'어떻게든 구해지겠지.' 그 한마디가 얼마나 든든하던지.

부동산의 안내를 받아 간 곳은 조용한 골목 안, 목조 아파트 2층에 있는 방이었다. 커다란 창이 기억자로 나 있는 방은 가을 햇살을 받아 환하게 빛나고 있었다. 나는 한눈에 반했다. 그도 그 방이 무척 마음에 드는 것 같았다.

"오빠 맘에도 들어?"

"창이 커서 채광도 좋고 환기도 잘 되겠다. 조용해서 공부할 때 집중도 잘 되겠고. 너한테 딱이다!"

"오빠도 방 구해야 하잖아⋯ 난 오빠 아니었으면, 이런 방이 있는지도 몰랐을 텐데⋯."

"난 괜찮아. 남자잖아, 남자는 길에서 자도 돼. 잘됐다!
그동안 신경 쓰였는데, 이주영이 방 구했다!"

그는 내게 방을 구해주기 위해 작정하고 기숙사까지 찾
아온 것이다. 기숙사 전화도 끊긴 상태였고 핸드폰도 없던
시절이었다. 나보다 겨우 두 살 많다는 이유로 나를 '어린
것'이라고 부르던 그는, 어리버리한 어린것이 텅 빈 기숙사
에서 어떻게 지내나 걱정이 되었다고 훗날 말했다.

부동산을 나오면서 그는 자기가 친구에게 빌려볼 테니
돈 걱정도 하지 말라며 나를 안심시켰다. 수완이 좋은 그는
다음날 저녁, 보증금과 한 달치 방세를 들고 나타났다. 그
에게 저녁이라도 사주고 싶었다. 그는 맛있게 저녁을 먹었
다. 그리고 계산까지 했다. 본인이 하고 싶어서 한 일이라
얻어먹을 이유가 없다고 했다. 무엇보다 '치사하게 어린것
한테 얻어먹을 수 없다'고 했다.

치사하게 살지 않는 것, 그가 사는 방식이다. 그가 생각
하는 치사하게 살지 않은 것이란, 힘든 내색을 하지 않는
것, 사람들의 마음을 다치게 하지 않는 것, 어떤 일이 있어
도 친구와의 약속은 지키는 것, 여유가 있을 땐 아낌없이

쓰는 것, 여자한테는 얻어먹지 않는 것, 특히 어린것한테는 절대 얻어먹지 않는 것이라 했다.

몇 주 후, 그가 방을 구했다며 놀러오라고 했다. 초대받아 간 그의 방은 허름했다. 방 안은 온통 사골 국물 냄새로 진동하고 있었다. 나는 사골 냄새를 무척 싫어한다. 방 안에 들어서자마자 헛구역질이 났다. 구석에 있는 부엌에서 사골이 끓고 있었다. 냄비 뚜껑이 열려 있다.

"뚜껑 닫는다!"

국물색이 뽀앴다. 그만 끓여도 될 것 같다.

"오빠, 그만 끓여도 되겠는데, 가스 끈다!"

"아니, 아니, 그냥 놔 둬, 그거 난방이야."

어느새 겨울이 다가오고 있었다. 그의 낡고 허름한 방 안에는 아무런 난방장치가 없었다. 뚜껑을 닫지 않고 사골을 우린 것은 국물이 끓을 때 발생하는 증기로 방을 데우기 위한 것이다.

"몸에 좋은 사골도 먹을 수 있어요, 난방도 되요, 가습기도 되요, 일석삼조! 아~ 주 좋아!"

이상한 멜로디로 노래하듯 말하며, 예의 앞으로 두 스텝,

뒤로 두 스텝을 밟으며 춤을 췄다. 웃기는 뮤지컬 공연 무대에 함께 서 있는 기분이다. 왠지 나도 덩달아 춤을 춰야 할 것만 같다.

그와의 관계가 오래갈 것 같은 예감이 들었다. 그 옆에 있으면 내 삶이 다소 어처구니없어 질지는 몰라도, 재밌는 뮤지컬 한 편이 될지도 모르겠다.

슬픈 시밖에 쓰지 못하는 바보 시인

명건이 효자동 우리집에서 6개월간 머문 적이 있다. 명건이 쓰던 방을 청소하던 엄마가 갑자기 바닥에 쓰러졌다. 놀라서 뛰어 들어갔다.

"크크크쿡."

엄마는 방바닥에 쓰러져 웃고 있다.

"?… ??"

너무 웃어 눈물까지 흘리면서 손에 들고 있던 노트를 내밀었다. 명건의 일기장이었다. 펼쳐진 면에는 명건의 시詩 한 편이 쓰여 있다. 그리움에 오열하는 비가悲歌.

"지금 이걸 시라고 써놓은 거지? 이 녀석 왜 이렇게 웃기냐?"

"이게 웃겨? 쓴 사람은 엄청 심각한데? 명건이는 원래 이런 시밖에 안 써."

내 말에 엄마는 겨우 눌렀던 웃음을 다시 터뜨렸다.

"너 명건이 시, 이것 말고도 읽어본 적 있어?"

"어, 많지…."

명건과 나는 기숙사의 가을학기생 환영 파티에서 처음 만났다. 환영 파티장은 잘생긴 '그'의 방이었다. 선한 눈에 우울해 보이는 친구가 구석에 있었다. 술은 한 잔도 마시지 않고, 과자만 열심히 먹고 있다. 명건이었다.

파티는 늦은 시간까지 계속되었다. 자정 무렵, 기숙사 선배들이 자리를 옮겨 파티를 이어가자고 했다. 우린 한국 가라오케 주점이 많은 신주쿠로 달려갔다. 밤을 새워 마셨다. 새벽 5시쯤, 아무리 젊었던 우리지만 피곤했다. 택시 할증요금제가 풀리는 시간이기도 했다. 우리는 두 팀으로 나누어 기숙사로 향했다. 명건은 나와 같은 팀이 되어 내 옆에 앉았다. 택시가 속력을 내자, 속이 메슥거리기 시작했다.

"저… 죄송한데요. 토할 거 같아요."

그날 처음 본 거나 마찬가지인 명건에게 말했다. 명건은 입고 있던 재킷을 얼른 벗어 내 턱밑에 대며 말했다.

"하세요."

나는 명건의 재킷에 그날 먹은 것을 다 게워냈다.

다음 날, 2층 창 너머로 보이는 남자 기숙사 앞마당에서 그가 손세탁을 마친 재킷을 널고 있는 것이 보였다. 그러다 그만 눈이 마주쳤다. 나는 창피해서 얼른 커튼 뒤로 숨어버렸다. 며칠 동안 그가 보이면 숨느라 정신이 없었다.

며칠 후, 노크 소리에 문을 열었다. 하얀 트레이닝복 차림의 명건이 서 있다.

"저… 저한테 미안해하지 마세요."

"세탁비를 드려야 하는데…."

"아, 그거 제가 손빨래했어요. 신경 쓰지 마세요. 저… 혹시… 시 읽는 거 좋아하세요?"

"네?"

명건은 들고 있던 노트를 내게 건넸다.

"이거 제가 쓴 시인데, 한 번 읽어 보실래요?"

"네? 아… 네에…."

명건은 노트를 내 손에 떠밀고는 도망치듯 계단을 내려
갔다.

노트 한 권에 빽빽이 채워진 시들은 모두 그리움을 담고
있다. 죄다 슬프다. 그리고, 죄다 비슷하다. 몇 편을 읽다가
지루해서 노트를 덮었다.

"다 읽어보셨어요?"

며칠 후, 기숙사 앞마당에서 우연히 만난 명건은 머쓱해
하며 물었다.

"아… 네에…, 거의 다 읽었어요. 한 편 한 편 천천히 읽
고 있어요."

거짓말을 했다.

"네, 천천히 읽으세요. 그런데, 어땠어요?"

"아… 네에…, 누가 그렇게 그리운가요?"

"아… 네에…, 그런 사람이 있어요."

"아… 네에….'

'아… 네에….'를 연발했던 어색한 대화.

그날 이후, 이상하게도 우린 서로 가까워진 듯한 느낌이
들었다. 얼마 되지 않아, 우린 말을 텄다. 저녁 식사 후 약

속이나 한 것처럼 명건과 나는 산책을 했다. 하루를 마무리
하는 코스다.

"노래 하나 불러줄까? 내가 작사 작곡한 곡이야."

"니 맘대로 하셔. 작게 불러. 사람들이 너랑 나랑 사귄다
고 생각하면 곤란하니까."

"알았어. 지지배야, 나도 그런 오해받기 싫어. 자, 그럼
부른다. 하늘아~ 보고 있니? 바보가 진짜 바보가 되어 매
일 하늘만 바라봐~ 하늘아~ 너의 바보는 하늘만 바라보
고 있어~"

"이름이 '하늘'이야? 네 슬픈 시의 주인공?"

"아휴, 이 지지배. 눈치 하나는 빠르다니까. 다는 아니고
대부분은 '하늘이'를 생각하며 썼어."

"바보가 네 별명이었어?"

"응, 하늘이는 나를 늘 바보라고 불렀어…."

"잭, 완전 유치해. 토할 거 같아."

명건은 그의 아픈 첫사랑 이야기를 들려주었다. 나는 첫
사랑과 원거리 연애중이었다. 비극으로 끝나버린 명건의

첫사랑 이야기는 앞날을 점치는 수정구슬을 들여다보는 듯
했다. 왠지 모르게 불안했다.

　나는 하늘이를 알게 되었고, 하늘이의 '바보' 명건을 알
게 되었다. 명건은 나를 일본으로 몰아낸 우리집 공기를 이
해하게 되었다. 마음속 깊이 숨겨두었던 서로의 이야기보
따리를 풀어내는 건 마음의 거리를 좁힌다. 우리는 세상에
둘도 없는 친구가 되어가고 있었다.

　시간이 흐른 뒤, 불안했던 나의 첫사랑과 영원히 헤어지
게 된 것을 알게 된 밤. 나는 명건에게 전화해서 엉엉 울었
다. 명건은 곧장 달려왔다. 내가 우는 것을 말없이 지켜봤
다. 몇 시간을 눈물만 쏟아내던 눈동자가 허공을 바라볼 때
명건이 입을 열었다.

　"주영아, 너랑 꼭 같이 가고 싶은 곳이 있어. 지리산 철쭉
제. 다음에 내가 꼭 데리고 갈게."

　무슨 소린지 몰랐다. 무슨 소리라도 상관없다. 아무 소리
도 들리지 않았으니까.

　"명건아, 그만 가."

　"네가 잠드는 거 보고 갈게."

명건은 바보처럼 가만히 앉아 있었다. 다음 날 아침 눈을 떴을 때, 명건은 내 침대 밑에서 자고 있었다. 바보 같았다.

명건은 방송예술대학에 진학했다. 졸업을 앞두고 있던 해 여름, 졸업작품으로 제출할 독립영화의 시나리오를 일본어로 번역해달라고 내게 부탁했다.

제목, '도쿄 흐림 때때로 맑음' 이런 내용이다.

주인공 '아키라'는 어릴 적 사고로 부모를 잃는다. 어린 나이에 홀로 된 아키라는 살아남기 위해 어쩔 수 없이 야쿠자의 길을 걷게 된다. 어느 날, 아키라는 순수하고 청순한 '리에'를 만나고 한눈에 반한다. 리에는 아키라의 고독한 눈빛에 연민을 느낀다. 둘은 깊은 사랑에 빠진다. 아키라는 리에를 위해 조직 생활을 청산하고 새로운 인생을 시작하기로 마음먹지만, 조직에서는 놓아주지 않는다. 리에를 인질로 삼아 협박한다. 아키라는 리에를 보호하기 위해 온갖 수단을 다 써보지만, 조직의 힘을 이겨낼 수는 없다. 결국 리에는 아키라가 보는 앞에서 야쿠자 조직에게 살해당하고 아키라는 정신을 잃는다.

화면이 바뀌고 아름드리나무가 한 그루 있는 언덕 위에

아키라가 앉아 있다. 한없이 슬픈 방백을 마친 아키라는 주머니에서 권총을 꺼내 입에 넣고 발사한다.

"아주 비극적이고 처절한 이야기를 영상에 담을 거야."
시나리오를 건네며 명건이 했던 말이다. 감독의 의도대로 아주 비극적이다. 그 누구도 아닌 명건의 부탁이기에 완벽하게 일본어로 옮겨주고 싶었다. 대사 하나 하나에 인물의 성격을 담아 고심해서 번역했다. 혹시 내가 실수한 부분이 있을지 몰라, 대학에서 제일 친하게 지내던 토모코朋子에게 어색한 표현이 있으면 고쳐달라고 번역한 시나리오를 보여주었다. 토모코는 시나리오를 읽는 중간중간 웃음을 터뜨렸다.
"웃겨? 내가 번역을 잘못했나…?"
토모코는 고개를 저으며 큰소리로 웃으면서 말했다.
"비극이 지나쳐 희극이 되어버렸잖아!"

번역한 시나리오를 명건에게 주면서 슬쩍 의중을 떠봤다.
"그런데…, 좀 지나치게 슬프다고 해야 하나? 아키라가 자살하기 전에 하는 이 슬픈 대사 말이야…, 좀 고칠까?"

차마 토모코의 말을 전할 수는 없었다.

"아니! 나는 이 세상에서 가장 비극적인 이야기를 할 거야. 사랑하는 사람이 죽는, 그것도 자신으로 인해서! 잔인하도록 처절한… 사랑이야기. 허무한 삶에 대한 이야기…."

나는 할 말을 잃었다.

명건은 감독 겸 주인공 아키라 역까지 연기했다. 리에 역할에는 우리 과에 그 역할에 어울릴 만한 예쁜 아이가 있어 내가 섭외했다. 그 아이도 대본을 처음 받았을 때, 웃음을 터뜨렸다.

작년 7월, 프랑스 남동쪽에 있는 유명한 마을 샤모니 Chamonix로 일주일간 여행을 갔다. 우린 일주일 내내 몽블랑 산줄기를 등반했다. 도착 둘째 날, 남편이 나를 위해 택한 등반코스는 해발 2200m의 '포제트 봉 Aiguillette des Posettes'이었다. 해발 2000m경부터였던 거 같다. 눈앞에 철쭉밭이 끝없이 펼쳐졌다. 하늘과 맞닿는 사방이 온통 철쭉이었다.

세상을 다 잃은 것 같아 눈앞이 캄캄해졌던 그 밤, 명건이 내게 보여주고 싶다고 했던 산철쭉. 나는 그것이 그렇게 아름다울 거라고는 상상도 못했다.

　이제는 다시 볼 수 없는 명건의 친구, 명건 이외엔 친구가 없었던 그 친구가, 명건을 따라간 지리산 철쭉밭을 왜 혼자 다시 찾았는지, 그곳에서 왜 영원히 떠났는지 알 수 있을 것 같다. 산철쭉은 그렇게 슬프도록 아름다웠다.

　명건에게 산철쭉은 아픔이다. 내가 많이 아프던 밤, 명건은 나만큼 아팠던 거다. 지나친 아픔은, 버거운 슬픔은 아무리 빨아도 지워지지 않는 얼룩처럼 마음에 남는다. 습관처럼 내 몸을 맴돈다. 슬픈 시밖에 쓰지 못하는 명건, 사람들을 웃기는 명건의 슬픈 시가 나는 많이 아프다.

내 인생의 보물, 승냥이와 펭귄

우리는 그 일을 '야간작업'이라 불렀다. 잘생긴 '그'는 그 일을 '장보기'라고 불렀지만 장원은 그 일이 돈을 내지 않기 때문에 장보기는 아니라고 삐딱하게 말했다.

그날 밤에도 우린 야간작업에 들어갔다.

"이거 쓸 만하겠는데…."

명건이 공구 세트를 발견했다. 크기가 다른 여러 종류의 공구가 검정색 헝겊 벨트 안에 단정하게 정리된 채 버려져 있었다.

"이 노마야, 못 쓰니까 버린 거지. 줍지 마!"

"누군 쓸 만한 거 주워서 돈 받고 팔았냐?"

명건은 장원의 만류에도 아랑곳없이 준비해온 비닐봉지 안에 공구 세트를 챙겼다.

우리보다 먼저 기숙사에 살았던 잘생긴 '그'는 기숙사 주변의 생활 정보를 친절하게 알려주었다. 슈퍼마켓 저녁 세일이 시작되는 시간, 대중탕 욕조에 향긋한 사과가 자주 띄워진다는 것, 상점가 한켠에 볼링장과 탁구장이 있다는 사실. 그리고 근처 맨션아파트 쓰레기장에서의 '장보기'가 얼마나 짭짤한지도.

"내가 올 봄에 거기서 주운 비디오 플레이어가 있는데, 그게 장난이 아닌 거야. 센서가 체온을 인식해서 리모컨 없이도 손가락으로 작동이 가능해. 버튼도 없는데 말이야! 그걸 내가 이번 여름방학 때 한국서 팔아 용돈으로 쓰고 왔잖아!"

"고장나지도 않았는데, 그걸 버렸어?"

"고장났었지. 청계천 아저씨들 인공위성도 띄울 수 있다는 말, 빈말이 아니야. 아저씨들만 믿고 가지고 갔는데, 역시나, 자랑스러운 청계천의 과학자들. 아우야~, 두고 가,

그러더니 뚝딱뚝딱 이틀 만에 고치더만."

그의 말을 듣는 장원과 명건의 눈이 초롱초롱 반짝이고 있었다.

장원과 명건의 일명 '야간작업'은 그날 밤 당장 시작되었다. 두 사람의 연결고리였던 나는 어쩔 수 없이 작업에 참여하는 거라 말했지만, 기꺼이 참여하고 싶었다.

고급 맨션에서 자취하던 장원은 집주인의 사정으로 갑자기 이사해야 되는 바람에 급한 대로 기숙사에 들어왔다. 스키 타고 골프 치는 것도 못마땅한데, 삐딱한 태도로 거들먹거리는 장원을 좋아하는 아이들은 없었다. 당연히 장원은 친구가 없었다. 슬픈 시를 쓰는 바보 명건은 술도 못 마시면서 안주는 많이 먹는데다 말수가 적고 우울한 느낌이라 친구가 별로 없었다. 그 둘과 친했던 나를 매개로 둘은 쉽게 가까워졌다.

우리 셋은 아침저녁으로 붙어 다녔다. 등하교도 같이 하고, 저녁밥도 내 방에서 같이 준비해서 셋이 동그랗게 모여 앉아 먹었다. 어쩌다 한국에서 날아온 맛있는 반찬이라도 있는 날이면, 서로 더 먹겠다고 서로가 먹는 것을 방해했다. 생각만큼 쿨하지 않던 장원은 강적이었다. 더러운 이야기를 해서 비위가 약했던 나는 밥을 먹다 구역질을 했다.

"그만해, 이 더러운 놈아, 더러워서 나도 못 먹겠다! 주영이 저래 봬도 여자야! 얘는 여자 앞에서 매너 없이."

"알았어, 알았어. 근데, 야! 입에 있는 거 삼키고 말해!"

"야, 백명건! 너 지금 나한테 저래 봬도 여자라 그랬냐? 원래 때리는 시엄마보다 말리는 시누이가 더 미운법이거든."

"이 지지배는 편을 들어줘도 지랄이야, 배은망덕한 년!"

"백골난망해서 각골난망하게 생겼네."

"뭐래는 거야? 말 좀 알아듣게 해!"

우리의 저녁 시간 대화는 더도 덜도 아닌, 딱 이런 수준이다.

기숙사 남자동 앞마당이 우리의 약속 장소였다. 저녁을 먹고 각자의 방으로 흩어져 볼일을 본 후, 밤 11시에 다시 모여 우리가 작업장이라 부르던 쓰레기장으로 향했다.

그날 밤, 명건은 아래위 흰색 트레이닝복 차림이었다. 허리엔 전날 밤 주운 공구세트 벨트를 차고 있었다. 장원이 흰색 복장이 너무 튄다고 핀잔을 주었다. 명건이 옷을 갈아 입고 오겠다고 했다.

"시간 없어. 그냥 가자. 그런데 그 공구는 왜 차고 있는 거야?"

"고쳐가면서 줍게."

그날따라 맨션 주민들의 귀가 시간이 늦었다.

"왜 이렇게 사람이 많은 거야? 쪽팔리게. 안되겠다. 명건 아, 다리 절어. 멀쩡한 젊은것들이 쓰레기나 주우러 다니면 한심해 보이니까, 얼른 다리 절어."

장원이 먼저 다리를 절뚝거리자, 명건도 따라 절었다. 나도 얼른 따라 절었다. 두 남자가 나를 노려봤다.

"야! 넌 다리도 못 저냐? 어색해! 절지 마!"

명건이 대형 스피커 2개를 발견했다.

"야, 그냥 버려! 그거 별로야."

명건이 이번엔 청소기를 발견했다.

"이 노마야, 그냥 버려! 그거 고장났어. 니가 갖고 있는 공구로도 못 고쳐."

장원은 명건이 줍는 물건마다 딴지를 걸며 줍지 못하게

했다.

"다 안 되면, 뭘 주워?"

명건이 투덜거렸다. 갑자기 장원이 웃음을 터뜨렸다.

"야, 너 왜 이렇게 다리가 짧냐? 안 그래도 짧은 다리가
그 시커먼 벨트를 차니 더 짧아 보이노만. 흰색 츄리닝에
검정색 벨트 차고 쓰레기 줍는 꼬라지하곤. 꼭 펭귄 같다.
이제부터 너는 펭귄야로우다!"

'야로우野郞'는 우리말 '놈, 녀석'에 해당하는 일본어인데,
경우에 따라 '새끼'라고 번역할 수도 있다.

"어휴, 저 쪼만한 입에서 나오는 소린 맨날 지랄맞아요.
쓰레기장 돌아다니며 잔소리로 난도질하는 꼴이, 넌 꼭 승
냥이 같다. 이제부터 너는 승냥이다! 이 놈아!"

"이 펭귄야로우가, 완전 싸가지 없는 야로우네, 형님한테
'지랄'이라고? 이런 펭귄야로우!"

서로 티격태격 헐뜯으며 좋다고 웃고 있다. 둘의 대화 수
준은 더도 덜도 아닌 딱 이 수준이다.

그날 자정쯤 명건은 제법 쓸 만한 옷장을 발견했다. 장원
은 또 줍는 것을 반대했다. 명건은 장원의 반대를 무릅쓰고

옷장을 들고 오겠다고 고집 부렸다. 결국 두 남자는 다리를 절뚝이며 그 무거운 옷장을 기숙사까지 끌고 왔다. 기숙사에 도착해서 2층 명건의 방까지는 나도 운반을 도왔다.

"야, 명건아, 너 오늘 밤 꿈자리 사나우면 이 옷장 버려야 한다."

오렌지족이었다는 장원은 생긴 것과는 달리 미신을 신봉했다. 착실한 표정으로 그런 말을 하는 장원은 상당히 무식해 보였다.

그날 밤, 정작 꿈자리가 사나웠던 건 나였다. 장원에게 괜한 소릴 들어서 기분 나쁜 꿈을 꾸었다고 생각했다. 학교 가는 길 지하철 안에서 내 꿈 이야기를 들은 장원은 당장 그 옷장을 갖다버려야 한다며 펄펄 뛰었다. 결국, 그날 장원과 명건은 학교도 가지 않고 옷장을 버리러 기숙사로 되돌아갔다. 학교에 혼자 간 나는 명건의 여자친구 '링'에게 명건이 아파서 학교에 못 왔다고 거짓말을 했다.

학교에서 돌아왔을 때, 기숙사 앞마당에 옷장이 세워져 있었다.

"왜 안 갖다버리고?"

"에이, 오늘은 대형 쓰레기를 버리는 날이 아니래잖아!"

명건이 울상으로 말했다.

학교가 문을 닫아 뿔뿔이 흩어지기 전까지 우리 셋의 매일은 더도 덜도 아닌 딱 이런 수준이었다.

작년 가을, '링'과 결혼해 대만에 살고 있는 명건이 나를 보기 위해 서울에 왔다. 우리 삼총사는 도쿄가 아닌 서울에서 다시 뭉쳤다. 장원은 외국에 사는 우리를 위해 한국 토속음식점을 예약했다.

"명건아, 너 매운 거 먹고 싶었지? 거기에 타바스코 넣어서 비벼 먹어봐. 그럼 더 맛있다."

"여기다 무슨 타바스코를 넣어서 먹어?"

"펭귄야로우, 하여튼 음식 먹을 줄 몰라요."

장원은 명건의 앞접시에 고추장 한 숟가락을 덥석 얹어주었다.

"타바스코 넣어 먹으라매? 고추장은 왜?"

"야, 이 노마야, 니들이 외국 살아서 영어 섞어서 한번 말해준 거다."

"형! 고추장이 영어로 타바스코인 줄 안 거야? 암, 그럴 수 있어. 형이라면 그럴 수 있어."

"그럼, 아니냐?"

"에이, 이 승냥이 놈, 정말 변함없이 무식해요! 영상만 보지 말고 가끔 문자도 보고 살아, 이 승냥이놈아!"

"에이 씨, 아님 말고. 근데, 그 입안에 있는 거 삼키고 말 못해?"

그날 저녁 우리 셋의 대화 수준은 더도 덜도 아닌 딱 이 수준이었다.

지금 생각해봐도 단식투쟁을 불사하며 일본에 간 것은 잘한 일이다. 일본에 가지 않았더라면, 무식한 승냥이와 숏다리 펭귄을 어디서 어떻게 만날 수 있었을까? 마흔을 훌쩍 넘긴 이 나이에 어디에 가서, 누구와 더도 덜도 아닌 딱 그런 수준의 '유쾌한 대화'를 나누며 한없이 즐거울 수 있을까? 오랜 친구들이 주는 축복 중 하나는 이들과 함께 할 때 바보짓을 해도 괜찮다는 것, 이라고 미국의 철학자 에머슨이 말했다. 나이들 수록 나는 이 말을 실감한다.

때론 사랑보다 진한 것, 우정

"푸쉬식~ 쿨럭쿨럭"

부엌에서 남편이 뭔가를 하고 있는 듯하다. '무슨 요리를 하길래, 이런 소리가 나지?' 부엌문을 열자 달콤알싸한 냄새가 풍긴다. 남편이 콜라를 버리고 있다.

"그걸 왜 버려?!"

"너 콜라 안 마시잖아? 나도 안 마시고."

"그래도 버리지 마!"

남편 생일파티를 위해 준비해 놓았던 콜라가 그대로 남았다. 좁은 음식창고에서 몇날 며칠을 자리만 차지하고 있던 콜라는 버림받을 만했다. 그런데 나는 콜라는 버릴 수가 없다.

　일본어는 매력적이었다. 일본어로 말하고 듣고 읽는 것이 좋았다. 무작정 시작한 일에서 우리는 가끔 미래를 만나기도 한다. 현지 대학에서 본격적으로 일문학 공부가 하고 싶어졌다. 부모님은 내가 언어 연수를 마치면 한국으로 돌아올 거라 굳뜩같이 믿고 있다. 다시 설득해야 했다. 타향살이에 조금은 철이 들었던 나는 이번에는 단식투쟁이 아닌 다른 방법을 택했다. 부모님께 진심으로 부탁하는 것이다. '부탁'은 효과 있는 설득법이다. 특히 부모에게는 잘 통한다.

　대학에서 첫해 학비만 대주면 다음 해부터는 장학금으로 학교를 다닐 테니, 1년만 도와달라고 부탁했다. 생활비는 아르바이트를 해서 벌겠다고 했다. 장학금을 받을 수 없다면 바로 한국으로 돌아가겠다는 거짓말도 했다. 어쩌면 거짓말이 아니었다. 우리집 형편으로 비싼 일본 대학의 학비를 1년 이상 보내주는 것은 무리다.

　내가 일본에서 공부를 열심히 한 것은 어쩔 수 없는 선택이었다. 외국인인 주제에 그것도 일문학과에서 단 한 명에게 주는 학비 전액장학금을 받아야만 했다. 그것은 '일단 지르고 보자는 심리' 같은 것이 아니었을까?

대학입학 후, 집 근처에 있던 호텔 레스토랑 〈포르쉐〉에서 하루 3시간 서빙 아르바이트를 시작했다. 3시간 이상 할 수는 없다. 장학금을 받기 위해서 공부할 시간이 필요했다. 아르바이트로 번 돈의 대부분은 방값으로 나갔다. 생활비는 항상 턱없이 부족했다. 다행히 레스토랑에서 아르바이트를 한 덕에 그곳에서 저녁을 때울 수 있다. 아침을 거르는 일은 힘든 일이 아니다. 다만 점심시간마다 나는 몹시 배가 고팠다. 아침을 거른 채, 주먹밥 한 개나 바나나 한 개로 점심을 먹는 일이 대부분이었지만, 주위에 다이어트를 하는 친구들이 많아, 나의 점심메뉴가 돋보이게 초라하지도 않았다. '나도 다이어트를 하고 있는 거야.' 최면을 걸었다.

그렇게 아껴 썼지만, 아르바이트 월급이 나오기 며칠 전은 바나나 한 개도, 주먹밥 한 개도 살 돈이 없을 때가 많았다. 그럴 때면 나는 점심을 먹지 않았다. 버틸 만했다. 저녁을 많이 먹을 수 있으니 괜찮았다. 〈포르쉐〉의 셰프 아저씨는 내가 저녁을 맛있게, 무척 많이 먹는 것을 볼 때마다 '넌 꼭 멜론 같아.' 하며 좋아했다. 셰프에게 멜론은 어떤 의미인지 모르지만 칭찬 같았다. 배가 고파 허겁지겁 먹는 모습을 보이지 않으려 노력한 효과였는지도 모르겠다.

그렇게 버틸 수 있었다. 그런데 그 달은 정말 그럴 수조차 없었다. 〈포르쉐〉가 내부 공사로 일주일간 문을 닫은 달이다. 시급을 받으며 일을 하니 수입도 당연히 줄었고, 그곳에서 해결하던 저녁마저 먹을 수 없게 된 것이다. 굶다시피 며칠을 보냈다. 그래도 괜찮았다. 이미 단식투쟁도 해보지 않았던가. 그까짓 일주일쯤이야 버틸 수 있다.

그런데 문제가 생겼다. 대학에 들어가 제일 먼저 친해진 토모코의 엄마가 나를 저녁식사에 초대한 것이다. 반갑지 않은 초대다. 일본인들은 초대받아 집을 방문할 때 결코 빈손으로 가는 법이 없다. 빈손으로 가느니 초대를 거절할까도 생각해 봤지만 그것은 더 큰 결례인 것 같다. 고민을 하다 저녁 무렵 명건에게 전화했다. 천 엔이 필요하지만, 내가 천 엔을 빌리면 네가 갚지 않아도 된다고 할 테니, 5천 엔을 빌려달라고 했다. 명건이 천 엔이 왜 필요하냐고 물었

다. '히요코 과자(병아리 모양으로 생긴 만주)'를 사야 한다고
했다. 히요코 과자를 사야 되는 이유에 대해서는 명건이 묻
기 전에 설명했다. 수화기 건너편으로 짧은 한숨소리가 들
린다.

"어떡하냐… 주영아… 나도 돈이 하나도 없어… 서."

명건은 처진 목소리로 더듬더듬 말했다. 거절을 못하는
친구라는 것을 잘 알고 있었다. 명건에게 괜한 걱정만 끼친
것 같아 미안했다. 아무렇지 않은 듯 괜찮다고, 초대를 다
음으로 미뤄달라고 부탁하면 된다고 전화를 끊었다. 침대
에 누워 천정을 바라보다 잠이 들었다.

다음 날 아침, 학교 갈 채비를 마치고 아파트 문을 열려
는 순간, 문 틈 사이로 종이 한 장이 툭 떨어졌다. 만 엔짜
리 지폐였다.

'이게 뭐지?'

내가 자는 사이 명건이 왔다간 것이 분명하다. 밤새 어떻
게 이 돈을 마련한 걸까? 멍해지다가 눈물이 왈칵 쏟아졌
다. 잠시 앉아서 감정을 가라앉힌 후 학교에 갔다. 수업이

비는 시간, 백화점 지하 식품코너에서 다음 날 저녁 초대에 가지고 갈 히요코 과자를 샀다. 당장 코앞에 있던 걱정거리 하나가 해결됐다싶어 홀가분했다. 그날 저녁 히요코 과자를 사고 남은 돈으로 홋카벤ほっか弁(일본의 도시락 전문 체인점)에서 가장 싼 노리벤のり弁(흰 밥 위에 간장소스와 구운 김, 생선 튀김 한 조각을 올린 도시락)을 사들고 집으로 왔다. 카라아게 몇 조각을 추가하려다 참았다.

오랜만에 배부른 저녁을 먹고 명건에게 전화했다. 명건은 전화벨이 여러 번 울린 후에야 전화를 받았다.

"나야…."

그 다음 말은 생각이 나지 않는다.

"전화해 놓고 왜 말이 없어? 지지배야."

무슨 말을 해야 할지 몰랐다. 문틈에 만 엔을 끼워 놓은 게 네가 맞느냐는 확인도, 그 돈이 어디서 났냐는 추궁도 할 수 없다. 그런 말을 시작했다가는 눈물이 날 것만 같다. 고맙다는 말도 마찬가지다. 내가 아무 말도 못하자 명건이 말했다.

"너 혹시 그 만 엔 땜에 전화했냐? 그 돈 갚을 생각하면 절교다. 나 지금 무지하게 바쁘거든, 전화 끊는다."

저녁 시간 스시집에서 설거지 아르바이트를 했던 명건은 무척 바쁜 모양이었다. 전화를 끊고, 광고론 리포트를 쓰기 시작했다. 열심히 썼다. 반드시 A플러스를 받아야 한다는 생각만 했다. 문틈에 끼워져 있던 만 엔을 갚을 생각은 하지 않았다. 명건과 절교할 생각이 전혀 없다.

며칠 후, 〈포르쉐〉의 점장으로부터 전화가 왔다. 공사가 며칠 더 지연될 거 같다고 했다. 반갑지 않은 소식이다. 명건이 구해준 만 엔도 거의 다 떨어져 가고 있었다. 일요일 늦은 오후. 며칠 동안 과제물이 많아 밤을 새운 탓에 나는 무척 피곤했다. 침대에 누워 아무 생각 없이 TV를 보고 있었다. 방문을 누가 노크하는가 싶더니, 명건이 땀을 뻘뻘 흘리며 들어왔다. 방에 들어오자마자 앉은뱅이책상 앞에 푹 퍼질러 앉아 손에 들고 있던 콜라 캔을 따서 벌컥벌컥 마셨다. 반쯤 마신 후 그가 말했다.

"마셔."

"싫어, 나 콜라 싫어하잖아."

"너 오늘도 아무것도 안 먹었을 거 아냐? 만 엔 다 쓰고 이제 없잖아?"

"내가 배고플까봐 걱정됐으면 먹을 걸 사오든지. 하필이면 내가 싫어하는 콜라를 사왔어?"

명건의 표정이 씨무룩해졌다.

"내가 가진 돈으로 살 수 있는 게… 콜라밖에 없었어."

명건은 그날, 〈포르쉐〉로 나를 보러 갔었다. 아직도 내부 공사중인 걸 보고 내게 온 것이다. 아직도 공사중이면 분명히 내가 아무것도 못 먹었을 거 같아서. 명건은 저녁 아르바이트 시간에 늦겠다며 반만 남은 콜라 캔을 앉은뱅이책상 위에 놓고 갔다. 명건을 보내고 그날 저녁으로 남은 콜라를 마셨다. 김이 빠진 콜라는 들쩍지근한 냄새만 풍겼다. 탄산이 없어 오히려 내 입에는 맞았다. 명건이 내 몫으로 남기고 간 콜라를 한 모금 한 모금 천천히 마시며 나는 그날도 거뜬히 밤새워 공부할 수 있었다.

시간이 많이 흘렀다. 흐른 시간만큼 명건도 변했다. 나도 변했을 거다. 변화는 지극히 자연스러운 시간의 법칙이다. 잠시도 쉴 줄 모르는 시간의 성실한 힘이다. 그 힘이 아무리 막강해도 지나간 시간 속 기억을 바꾸어 놓지는 못한다.

명건과 내가 아무리 변했다한들, 우린 그 가난했던 시절 함께한 시간들을 지울 수도 버릴 수도 없다. 그러고 싶지도 않다. 지금도 우리는 서로에게 육두문자를 날린다.

콜라는 나에게 소중한 친구 명건을 떠올리게 한다. 남편이 미처 다 버리지 못한 콜라는 그 후로도 오랫동안 음식창고에서 자리를 차지했다.

밤하늘의 달은 나를 따라다닌다

〈포르쉐〉에서 쫓겨났다. 명건이 〈포르쉐〉로 저녁을 먹으러 왔었다. 하필이면 그날 저녁에.

단체 예약손님이 도착하기 30분 전, 테이블 세팅으로 한창 바쁜데 명건이 들어왔다. 단체 예약석에서 조금 떨어진 곳으로 명건을 안내하고 주문을 받은 뒤 나는 하던 일을 계속했다. 음식이 나오는 것을 기다리던 명건은 홀 안을 정신없이 뛰어다니는 나를 도우려 했다.

"포크는 왼쪽, 뒤집어놓아야 해. 그리고 디저트 숟가락은 접시 앞쪽. 아니, 아니, 와인 잔하고 접시 사이, 그렇지!"

단체손님이 들이닥치고, 명건이 주문한 음식도 테이블 위에 도착했다. 명건은 저녁을 먹어가면서도 틈틈이 나를 도와 서빙을 했다. 그리곤 저녁을 서둘러 먹고 아르바이트 시간에 늦을세라 급하게 〈포르쉐〉를 뛰쳐나갔다. 잠시 후, 단체 손님들도 한꺼번에 다 빠져나갔다. 정신이 쏙 빠지게 바빴던 저녁이다. 조용해진 홀 안에서 뒷정리를 하는데 점장이 다가왔다. 저녁 굶은 시어머니 표정을 하고 있다. 다 짜고짜 설교를 시작했다.

아무리 친한 친구라도 레스토랑에 식사하러 온 이상 손님이다. 손님에게 가게 일을 시킨 내가 이해가 되지 않는다며 얼굴을 붉혔다. '너는 해고야.'라는 소리를 일본식으로 돌려 말하고 있다. 점장의 말이 옳다. 나는 너무 수치스러웠다. 미안하다, 생각이 모자랐다, 반성하겠다는 일본식 대답 대신, 그 길로 그만두겠다고 말하고 말았다. 집으로 돌아오는 어두운 골목길은 평소보다 짧았다. 내가 한 실수와 내가 들은 설교로부터 얼른 도망쳐, 빨리 숨고 싶다. 고아가 된 듯 서글픈 밤, 나는 잠을 설쳤다.

다음 날부터 수업을 마치고 동네 상점가를 꼼꼼히 살폈

다. 집에서 걸어서 10분 거리에 있던 야키니쿠집 〈나비〉 유리문에 아르바이트생 모집 광고가 붙어 있었다. 얼른 광고지를 떼어들고 가게 안으로 들어갔다.

여사장의 첫인상은 깐깐하고 차가웠다. 그녀 옆에서 넉넉한 미소를 띠고 있던 그녀의 남편과는 대조적이었다. 그녀는 내 이름도 나이도 아무것도 묻지 않고, 아르바이트 경험이 있는지만 물었다. 나는 솔직하게 말했다. 어제까지 근처에 있는 호텔 레스토랑에서 일을 했으며, 그만두게 된 경위까지 이야기했다. 듣고 있던 그녀는 내게 어느 지방 출신이냐고 물었다. 내 악센트가 도쿄 사람은 아닌 것 같다고 했다. 한국 사람이라고 하자 두 말 없이 내일부터 나오라고 했다.

아르바이트 첫날, 서먹하고 어색했다. 좁은 가게 안, 손님은 한 명도 없다. 나는 홀 구석에서 가만히 서 있었다. 또다시 잘리고 싶지 않았다. 그녀가 나를 이상하다는 듯 쳐다보며 말했다.

"손님도 없는데, 왜 그러고 서 있어요? 여기 와서 앉아요."

그녀는 부엌에서 에다마메枝豆(녹색 콩깍지)를 가지고 나와 다듬기 시작했다. 남편 술안주를 만들기 위해서라고 했다. 나도 그녀를 도왔다. 그녀는 에다마메를 처음 손질해 보는 내게 말했다.

"일을 해 본 적이 별로 없나 보네?"

"그래 보여요? 네, 집안일을 해 본 적이 별로 없어요."

"하기야, 내 딸도 할 수 있는 일이 별로 없어. 지난달에 시집보냈는데, 남편 밥이나 제대로 해먹이고 있으려나."

차가운 인상과 달리 그녀는 넉살좋게 이야기를 이어갔다. 그녀와 남편이 재일교포 2세라는 것을 시작으로 그동안 살아온 이야기를 스스럼없이 했다.

스무 살 꽃다운 나이에 동갑내기 남편의 구애에 못 이겨 그녀는 결혼했다. 결혼식을 마치고 이틀 후부터 시어머니는 폭언을 시작했고 남편은 바람을 피기 시작했다. 남편의 애인들은 주로 신주쿠의 한국 술집에서 일하던 한국 여자들이다. 남편은 한때 술집에서 만난 여자와 살림을 차려서 살기도 했다. 남편이 딴살림을 차려 집을 나간 후, 그녀는 아이 셋을 키우기 위해 반찬을 만들어 팔며 근근이 생활

했다. 그 생활은 고되고 외로웠고 억울했다. 술이 없으면 잠을 잘 수 없었다. 결국 알코올에 중독되고 자살을 기도한 적도 있다. 폭언과 폭행을 일삼던 시어머니가 죽은 후, 집을 떠났던 남편이 돌아왔다. 식당 〈나비〉는 시어머니가 물려준 유산이다. 홀어머니를 잃은 남편은 딴살림을 정리하고 집에 들어왔다. 남편이 돌아온 후부터 그녀는 술을 끊을 수 있었다. 그리고 벌써 10년이 넘게 〈나비〉를 같이 운영하고 있다.

남에게 쉽게 할 수 없는 이야기라고 생각하며 그녀의 이야기를 들었다. 평탄치 않았던 시간들을 한숨짓지 않고 이야기하는 그녀가 편안했다. 엄마 같았다.

아르바이트 첫날, 내가 한 일은 에다마메를 다듬으며 그녀의 이야기를 들은 것과 삶은 에다마메를 안주로 그녀와 그녀의 남편과 마주앉아 맥주를 마시고 저녁을 먹은 게 전부였다.

그 다음날도, 전날과 비슷했다. 집으로 돌아오는 골목길은 따뜻했다. 밤하늘의 달은 어김없이 내 뒤를 따라오며 나를 집까지 데려다 주었다. 일본에 나의 새로운 가족이 생긴 것 같았다. 잠자리는 편안했다.

어느새 내가 그들을 부르는 호칭도 달라졌다. 사장님과
점장님에서 엄마와 아빠로. 그들은 나를 '이상李さん'에서
'주연아'로 불렀다. 한국어를 못하는 두 사람은 내 이름 '주
영'을 제대로 발음하지 못한다.

엄마와 아빠는 내가 그들의 친딸 미나코美奈子 같다고 했
다. 미나코를 시집보낸 다음 달에 내가 들어왔고 내가 미나
코처럼 둘에게 하고 싶은 말을 마구 해대기 때문이다. 나는
엄마에게 아빠가 예전에 했던 못된 행동들을 들을 때마다
몹시 흥분했다.

"엄마! 아빠 왜 데리고 살아? 그냥 당장 이혼해버려!"

내 머리를 쥐어박는 아빠에게 마구 훈계를 해댔다.

"왜 그랬어? 지금이라도 엄마한테 잘해! 늘그막에 이혼
당하기 싫으면!"

그런 나를 엄마와 아빠는 귀여운 듯 웃으며 지켜봤다.

어느 날 저녁, 〈포르쉐〉의 점장이 〈나비〉로 저녁을 먹으
러 왔다.

"엄마, 저 사람이 〈포르쉐〉 점장이야."

엄마에게 귓속말로 말했다.

"내가 서빙할 테니까, 넌 부엌에서 나오지 마."

엄마는 점장이 시킨 고기 2인분을 1인분처럼 만들어 테이블 위에 던져준 후, 뒤돌아서 나를 보며 빙긋 웃었다. 내가 무조건 엄마 편이었듯이 엄마는 언제나 내 편이었다. 무조건 편이 되어 주는 것만큼 누군가와 가까워지는 방법이 있을까?

힘들었던 유학 생활도 끝이 보이고 있었다. 엄마는 그 무렵 갑자기 레이스 뜨개질에 취미를 붙였는지 어깨가 아프다면서도 손님이 없는 틈을 타 레이스 코바늘 뜨개에 열중했다. 나는 그런 엄마가 이해가 안 갔다.

"엄마, 어깨 아프다면서 그런 거 뭐 하러 해? 필요하면 하나 사! 내가 사줘?"

"너, 이런 거 얼마나 비싼지 알아?"

"몰라."

"그럼, 입 다물어."

"그럼, 아프단 소리 하지 마."

일본을 떠나기 바로 전날, 나는 엄마집에서 잤다. 가구며 전기제품을 다 처분해 횅한 방에서 마지막 밤을 보내게 할 수 없다는 것이 엄마와 아빠의 뜻이었다. 그날 저녁, 함께 단골로 드나들던 스시집 〈히가시〉에서 늦은 저녁을 먹었다. 〈히가시〉의 이타마에板前(일본요리의 조리장, 셰프)가 내 귀국을 축하하는 의미로 여러 잔의 히레자케ひれ酒(주로 복어의 지느러미를 구워 넣은 따뜻한 사케)를 서비스로 주었다. 그의 인심 덕분에 우린 모두 취했다.

다음 날 아침, 전날 적지 않게 마신 아빠는 내 비행기 시간에 맞춰 일어나지 못했고, 엄마는 된장국에 연어를 구워 넣은 주먹밥까지 만들어 놓고 날 깨웠다. 아침을 먹지 않는 것이 습관이 된 나였지만 정갈한 엄마의 아침상을 깨끗이 비웠다.

공항버스가 출발하는 신주쿠까지 엄마가 함께 했다. 거기서부터는 명건이 공항까지 같이 가주기로 했다. 차 안에서 엄마는 아무 말 없이 운전에만 전념했다. 신주쿠에 도착했을 때 명건은 벌써부터 나와 기다리고 있었다. 공항버스는 20분 후에 출발이다. 엄마가 내게 조그마한 꾸러미를 건넸다. 하얀 레이스 손뜨개.

"나중에 결혼하면 쓰라고…."

평소 같으면 '바보처럼 어깨 아프다면서 뭐 하러 이런 짓을 했냐'고 했겠지만 그럴 수 없었다. 아무 말 없이 하얀 레이스 손뜨개를 물끄러미 쳐다보았다. 고맙다는 말조차 할 수 없다. 목에 뭔가 걸린 듯해서 아무 말도 할 수가 없다.

"고맙다. 주연아…, 넌 내 딸 같은 친구였단다. 친구가 되어줘서 정말 고맙다."

엄마 같은 내 친구의 눈가가 점점 붉어지고 있었다.

지금 이 글을 쓰고 있는 테이블 위 스탠드 밑에는 엄마 같은 내 친구의 손길이 한 땀 한 땀 묻어 있는 레이스 손뜨개가 깔려 있다. 나중에 결혼하면 쓰라고 했던 당부는 지키지 않았다. 나는 결혼 전 서울 효자동 내 방에서도, 로마의 내 방에서도 그것을 사용했다. 동그랗고 새하얀 레이스 손뜨개는 밤하늘의 달처럼 어김없이 나를 따라다닌다.

꿈꾸는 사람은 반칙을 싫어한다

내가 현기를 본 건 그 날이 두 번째였다. 우리는 그날 밤 같이 잤다.

일본 생활에 익숙해지면서 명건은 영상제작 프로덕션을 만들었다. 명건은 프로덕션의 사장이자 제작 PD, 나는 구성작가, 현기는 카메라맨이었다. 현기는 명건이 다니던 방송예술대학의 후배다. 나는 명건의 절친이라는 이유로, 현기는 비싼 디지털 캠코더를 가지고 있다는 이유로 스카우트되었다.

프로덕션을 만들고 얼마 후, 명건은 친목도모를 위해 회식자리를 마련했다. 우리의 회식은 초저녁 회전초밥집에서 시작되었다. 현기는 삶은 새우초밥을 좋아한다며 그것만 연거푸 먹었다. 나는 광어초밥을 좋아해서 그것만 먹었다. 명건은 골고루 먹었다. 새우초밥만 몇 접시를 비운 현기가 갑자기 열심히 초밥을 만들고 있는 이타마에에게 '새우는 이제 그만!'을 외쳐대기 시작했다.

"아휴, 나 이제 새우 꼴도 보기 싫어. 너무 많이 먹었어. 여기요! 새우는 이제 그만!"

"니가 그냥 안 먹으면 되잖아."

"아이, 그럴 건데, 아무튼. 여기요! 새우는 이제 그만!"

"그러니까 다른 거 먹으라고!"

"알았어, 알았는데. 여기요! 새우는 이제 그만! 그리고 주영아, 넌 광어를 너무 많이 먹었다. 여기요, 광어도 이제 그만!"

현기는 그날 식당을 나오면서도 이타마에에게 '새우도 광어도 이제 그만!'을 외쳐 그를 웃겼다. 싱거운 놈.

배불리 저녁을 먹은 우리 셋은 2차로 이자카야(일본식 술집)로 향했다. 술을 못 마시는 명건은 안주발을 세우며 팀원이 지켜야 할 규칙에 대해 설명했다.

"우리 프로덕션의 규칙은 '팀원끼리 사귀기 없기'다."

"시발, 그게 뭔 규칙이야? 형은 주영이랑 그런 사이 아니라며? 그냥 너네 둘이 사귀지 마 하면 될 것을. 규칙은 뭔놈의 규칙! 나, 참! 그리고 내가 주영이랑 사귀면 왜 안 되는데?"

"너, 누나랑 사귀고 싶니?" 내가 물었다.

"뭐야? 이건? 형, 얘 원래 이래? 얘 좀, 이상해."

"원래 그래. 그래도 오늘은 상태가 좋은 편이야. 아무튼 사귀기 없기다!"

우리는 사귀지 않고 일하기를 다짐하며 건배를 했다. 명건은 원샷을 외치며 안주만 먹었고, 현기와 나는 술잔을 깨끗이 비웠다. 그렇게 몇 번을 원샷했다. 졸렸다. 그 자리에서 잠이 들었다. 내 술버릇이다. 취하면 그곳이 어디든 잠든다. 현기도 나와 똑같은 술버릇이 있었다. 명건은 그날 밤, 술에 취에 나란히 자고 있는 우리 사이에서 심심했다며 투덜댔다.

"이것들이 사귀지 말랬더니 잠까지 같이 자요!"

명건이 구해 온 첫 일거리는 한국의 모 방송사에 납품할

'도쿄 거리 스케치'였다. 방송사에서는 젊은이들이 많은 도쿄 거리 화면을 원했다. 우리는 하라주쿠로 향했다. 그날 나는 현기를 처음 만났다.

햇살이 좋은 날이었다. 멀리서 딱 붙는 청바지에 흰색 남방, 어깨에 카메라를 메고 잔뜩 폼을 잡고 걸어오는 청년이 보인다. 명건이 말했다.

"쟤가 현기야."

큰 키에 긴 다리, 서글서글한 얼굴, 세련된 옷차림. 폼생 폼사 수준이 장난 아닌데 상당히 매력적이다. 나보다 한 살이 어린 현기의 첫인상은 귀여운 날라리. 기분 좋은 친구다.

우린 그날 하라주쿠 일대의 시부야, 아오야마, 오모테산도를 누비며 촬영을 했다. 청춘들로 넘쳐나던 그 거리에서 우리는 눈부시게 설레는 젊음을 만끽했다.

우리는 현기의 맨션을 프로덕션 사무실로 사용했다. 촬영이 있던 날엔 촬영을 마쳤다고, 촬영이 없는 날엔 기획회의를 한다는 명목으로 현기집을 드나들었다. 현기는 야간에 한국식 주점에서 주방장으로 일하는 아저씨와 같이 살고 있었다. 아저씨는 현기를 무척 아꼈다. 우리가 갈 때면 솜씨를 발휘해 한상 차려주고 일을 나갔다.

"맛있게들 먹어."

"네~ 감사합니다."

우린 기억 자로 몸을 굽혀 인사했고 현기는 인사도 없이 밥을 먹었다. 매번 '에~ 이! 짜다!' 하면서 아저씨가 듣는 앞에서 타박을 했다.

"야, 넌 왜 맨날 아저씨를 구박하냐?"

현기는 잔소리가 듣기 싫은 듯 인상 쓰며 아무 대꾸도 없이 밥을 먹었다. 유쾌한 에너지를 가지고 있는 현기를 좋아하지만 유독 아저씨한테 짜증내는 모습은 눈에 거슬렸다.

'품행제로 날라리 같으니라고.'

명건이 이번엔 〈도전 지구 탐험대〉 보조 촬영일을 따왔다. 한국에서 촬영팀이 오기 전에 준비해야 할 것이 많았다. 우린 이자카야에서 저녁 겸 술을 마시며 기획회의를 했다. 그날 현기는 무척 피곤해 보였다. 며칠째 집에 들어가지 않고 친구집에서 잔다고 했다. 집을 놔두고 왜 피곤하게 친구집에서 자냐고 물었지만, 현기는 대답을 얼버무렸다.

정말 많이 피곤했는지 술 몇 잔에 평소보다 일찍 잠들어버렸다.

"현기가 왜 집에 안 들어가는지 알아?"

명건이 이야기를 꺼냈다. 현기는 어느 날 밤거리에서 쓰러져 있는 남자를 발견했다. 그냥 지나칠 수 없어서 말을 걸었더니 한국 사람이었다. 남자는 불법 체류자였다. 신주쿠의 한국식 주점에서 주방장으로 일했는데 그 식당의 사장은 악덕 인간이었다. 남자의 신분을 빌미로 심하게 부려먹고 그가 불만을 토로하자 바로 해고했다. 사장집에 얹혀 살던 남자는 하룻밤 사이에 일자리와 잠자리를 잃고 말았다. 막막했던 남자는 술을 마시고 길에 쓰러져 그대로 잠들었다. 현기는 남자를 들쳐업고 자기 집으로 데리고 왔다. 그가 일자리를 구할 때까지 같이 살기로 했다. 우리에게 한 상 가득 차려주던 아저씨가 바로 그 남자다.

아저씨는 새 일자리를 구한 다음에도 현기집에서 나갈 생각을 하지 않았다. 현기는 상관없었다. 형 같은 아저씨가 살뜰하게 챙겨주는 것도, 외로운 유학생활에 의지할 만한 사람이 옆에 있는 것도 좋았다. 그런데 어느 날부터 아저씨가 이상한 느낌을 풍기기 시작했다. 며칠 전 새벽, 자고 있던 현기는 누군가가 몸을 더듬는 듯한 느낌에 눈을 떴다. 아저씨였다. 그 길로 집을 나와 친구집을 전전하고 있는 것이다.

"웬일이야! 그래서 아저씨를 맨날 구박한 거였구나? 그러게 왜 모르는 사람을 집에 들였대?"

"사정이 딱해서 외면할 수가 없었단다."

"현기한테 그런 면이 있는 줄 몰랐네."

〈도전 지구 탐험대〉 보조촬영으로 들떠 있을 무렵, 친한 친구 영지한테서 전화가 왔다. 영지는 남자친구 지훈이 몇 달 전부터 일본 관서지방에서 불법체류 중이라고 했다. 그런데 고용인과 문제가 생겨서 이참에 일자리가 많은 도쿄로 갈 생각이라고 했다. 도쿄 생활에 익숙해진 나에게 남자친구가 도쿄에 정착할 수 있도록 도와달라고 했다. 일자리도 구할 수 있으면 구해달라고 부탁했다.

영지는 대학 시절 학교 근처 호프집에서 아르바이트를 했었다. 지훈은 호프집 사장의 아들이다. 큰돈을 버는 것이 꿈인 지훈은 이 사업 저 사업에 손을 댔다. 대학 졸업 후 보험회사에 다니던 영지가 지훈의 빚보증을 서기도 했다. 그의 사업은 매번 망했다. 빚보증을 섰던 영지의 월급은 월급날 바로 압류되어 사라졌다. 헤어진 남자친구의 빚을 갚는 게 더 억울해서 영지는 지훈과 헤어지지도 못했다. 그렇게 몇 년을 버티다 지훈이 일본으로 건너온 것이다. 그마저도 일이 잘 안 풀린 모양이다. 다음 날 현기집에 모였을 때 친구 영지의 이야기를 했다. 지훈이 일할 만한 곳이 없을까 상의했다.

며칠 후, 지훈이 도쿄에 도착했다. 그가 약속 장소로 제시한 곳은 시내 고급 호텔의 커피라운지였다. 영지를 힘들게 하는 것도 못마땅한데 한푼이라도 아낄 생각은 안 하는 인간 같아서 화가 났다. 지훈과 통화를 마치자마자 현기에게서 전화가 왔다.

"주영아, 너 친구 남자친구 오늘 온다고 하지 않았어?"

"응, 방금 통화했는데, XX호텔 커피라운지에 와 있대. 지금 나가야 돼."

"그 사람, 오늘 잘 데는 있어?"

"몰라, 없겠지. 러브호텔이라도 하나 잡아줘야 할 것 같아."

"야, 이 기집애가! 잘 알지도 못하는 남자 데리고 러브호텔 근처에서 어정거리게? 있다가 내가 호텔 커피라운지로 갈게. 5시까지 갈 테니까, 그때까지 거기서 기다려."

현기는 그날 약속시간에 맞춰 호텔 커피라운지에 나타났다. 우린 곧바로 시내 뒷골목에 있는 러브호텔로 가서 방을 구했다. 허름한 호텔이다. 현기와 나는 호텔방까지 지훈을 데려다주고 나왔다.

"저 사람, 오늘 밤 이 허름한 곳에서 자면서 눈물 꽤나 흘리겠다. 일자리도 아직 불투명하고… 얼마나 막막하겠냐?"

현기는 그날 처음 본 지훈을 걱정했다. 다음 날, 나의 반대에도 불구하고 지훈을 자기 집으로 데리고 갔다. 명건은 시내의 한 24시간 주차장에서 일자리를 구해왔다. 직원 숙소가 따로 있던 주차장으로 가기 전까지 지훈은 한동안 현기 집에 살았다.

공부를 마친 후, 나는 한국에 돌아왔다. 그때까지 일본에 남아 있던 명건과 전화로 이야기를 하다가 지훈의 안부를 물었다.

"야, 그 사람 말도 하지 마! 진짜 나쁜 놈이야."

지훈이 현기집에서 지낼 때 현기는 또 집에 안 들어가고 친구집을 전전했다. 사기꾼 기질이 다분하던 지훈이 현기와 그의 친구들에게 밤마다 고스톱을 치자고 꼬셨고, 거의 타짜 수준이었던 지훈은 애송이 유학생들을 상대로 돈을 뜯었다는 것이다. 매번 사기 당하는 게 싫었지만, 갈 데 없다는 걸 뻔히 알면서 지훈에게 나가 달라고 할 수 없었던 현기는 본인이 집을 나왔다는 것이다.

며칠 후, 홍대 앞에 있던 현기의 프로덕션 사무실을 찾았다. 다짜고짜 지훈 이야기를 꺼냈다.

"왜 나한테 그런 말을 안 했냐?" 화를 냈다.

"갈 데도 없는 사람을 어떻게 쫓아내냐?"

"야! 니가 그 사람을 언제 봤다고 사정을 봐줘? 나도 잘 모르는 사람인데! 아예 사회사업가로 전향해라! 인간아!"

"그 형이 불쌍해서 봐준 게 아니라, 니가 친구한테 면목이 없어질까 봐 그런 거야. 자식아~"

책상 위에 있던 서류를 정리하면서 건성으로 말했다. 그렇게 딴청부리며 말하면 더 멋있어 보일 거라 생각한 게 분명하다.

"우리 이제 그런 이야기는 그만하고 저녁이나 먹으러 나가자. 순대볶음! 오케이?"

"순대볶음? 그거 먹으면 술 마셔야 하잖아."

"아! 그런가? 명건이 형도 없는데, 우리 규칙 확 어겨버리고, 술 마시고 같이 자버려?"

"니 여자친구한테 물어 봐."

"알았어. 니가 좋아하는 거 먹으러 가자. 광어초밥!"

현기는 규칙도 어지간히 잘 지키며 친구가 좋아하는 음식도 오래 기억하며 인정이 많아 걸핏하면 친구집에서 잠자는 품행만점 날라리이다. 찌질한 거 질색인 폼생폼사이다. 그러고 보니 내 친구들 대부분은 폼생폼사이다.

폼생폼사들의 기본은 꿈을 꾸는 거다. 꿈꾸는 사람은 반칙을 싫어한다. 반칙이 난무하는 현실이 찌질하게 느껴져 꿈을 꾸는지도 모른다. 반칙은 아무래도 치사하지 않은가? 폼 나게 살고 싶어 남을 밟고서라도 성공하고 싶은 사람들을 보면 나는 말하고 싶다. 진정한 폼생폼사는 꿈을 좇는 것이라고. 인정어리고 세심하게, 아무도 다치지 않게 하면서 꿈을 꾸는 것이라고.

3

'비정상'이라 쓰고
'특별함'이라 읽는 것

웃픈 코미디, 가족

일본 유학은 불면의 시간들이었다. 새벽녘의 파란 공기속에서 나는 늘 깨어 있었다. 친구들과 술판을 벌이고, 쓰레기를 줍고, 웃고 떠드느라 잠을 자지 않았다. 그리움에 밤을 새웠고, 막막함에 뒤척였다. 잠을 자지 않은 시간들은 다이내믹했다. 원거리 연애는 동트는 새벽의 희망이었고, 원거리 이별은 깊은 밤 정적 속의 절망이었다. 배고픔은 고달팠지만, 밤샘 공부는 뿌듯했고, 그 결과는 나쁘지 않았다.

궁지에 몰려서 한 공부는 효과적이었다. 외국인 최초로

최우수 성적졸업상과 최우수 졸업논문상을 받게 되었다. 졸업식 무대 위로 올라가 상을 받아야 한다는 소식을 전하던 날, 엄마와 아빠는 일본행 비행기를 예약했다.

졸업식 날, 무대에 올라 상 받는 나를 보며 엄마와 아빠는 기립 박수를 치며 울었다. 명건은 꽃다발을 들고 나타났다. 현기는 누가 봐도 방송용 디지털 카메라를 들고 나타나 졸업식 무대 위까지 올라와 촬영했다. 일본의 대학 졸업식에는 부모가 다 오는 경우도 별로 없고, 기립박수는 더욱 튀는 짓이다. 꽃다발은 나만 들고 있었고 졸업식을 녹화하는 인간은 나밖에 없었다. 그것도 방송용 카메라로. 창피했다. 졸지에 가문의 영광이 된 나, 감격해서 한국에서 날라온 부모님, 오버한 명건과 현기 덕분에 졸업식은 우스꽝스런 삼류 코미디가 돼버렸다.

그날 저녁, 엄마와 아빠는 명건과 현기에게 저녁을 사주고 싶어했다. 고기를 좋아하는 그들이 정한 메뉴는 삼겹살이다. 신주쿠의 솥뚜껑 삼겹살집으로 향했다.

아빠는 삼겹살 7인분을 주문했다. 서빙된 삼겹살의 양에 엄마 아빠는 깜짝 놀라는 눈치였다. 일본 식당의 고기 1인분은 100그램이라는 사실을 몰랐던 거다. 대식가 아빠와 젊은 장정 2명, 아빠를 닮아 뭐든 많이 먹는 나, 당시에는 식사량이 적었던 엄마를 치지 않더라도, 삼겹살 700그램은 그야말로 간에 기별도 가지 않는 양이다. 아빠는 7인분이 나오는 즉시, 바로 3인분을 더 시켰다. 현기는 삼겹살을 솥 뚜껑 위에 척척 올렸고 명건은 반쯤 익은 삼겹살을 가위로 싹둑싹둑 잘랐다. 아빠는 명건이 자른 삼겹살 조각을 뒤집으며 노릇노릇하게 구웠다. 일련의 행위가 일사천리로 진행되어 삼겹살 1000그램은 눈 깜짝할 사이에 없어지고 말았다. 이런 속도와 조직력이라면 20인 분은 족히 먹고도 모자랄 태세다.

아빠는 5인분을 다시 추가했다. 고기가 도착하자, 명건이 밥과 된장찌개를 주문했다. 현기는 입 안 가득 삼겹살을 씹으며 마치 삼겹살을 솥뚜껑에 올리는 로봇이라도 된 듯, 솥뚜껑의 검정색 바탕을 빈틈없이 삼겹살로 채웠다. 명건이 시킨 밥과 된장찌개가 도착했다. 명건은 가위로 삼겹살 조각을 조그맣게 자르며, 밥과 된장찌개를 먹었다. 추가로 주문한 삼겹살 5인분이 반쯤 솥뚜껑 위에 올려졌을 때 명건이 불쑥 물었다.

"현기야, 너 밥 안 먹고 싶냐?"

"아니, 난 고기 먹을 때 밥 안 먹어."

"이 집 밥 맛있어. 된장찌개도 엄청 맛있다. 한 번 먹어 봐."

"싫어, 난 고기 먹을 땐 고기만 먹어."

"야, 고기만 먹으면 느끼하니까 된장찌개도 좀 떠먹어."

자기가 먹고 있던 된장찌개를 현기 앞으로 밀면서 말했다.

"아니, 안 느끼해. 난 고기 먹을 땐, 고기만 먹어."

"새끼야, 쌈이라도 좀 싸먹어."

"아니, 괜찮아, 난 고기 먹을 땐, 고기만 먹어."

뜨거운 삼겹살 조각을 입 안 가득 넣고, 손으로는 솥뚜껑 바닥이 보일 새라 남은 삼겹살을 척척 올리면서 현기는 같은 대답을 반복했다. 명건은 다시 밥과 된장찌개를 퍼먹으며 삼겹살을 더 조그맣게 자르기 시작했다.

"형! 너무 작게 자르면 금방 타잖아! 큼지막하게 썰어. 그래야 씹는 맛도 있지."

명건이 갑자기 현기를 살벌하게 노려본다.

"왜 그래? 내가 자를까?" 내가 물었다.

"아니, 됐어." 명건은 뿌루퉁하게 대답했다.

그렇게 졸업식을 치루고, 엄마 아빠는 한국으로 돌아갔다. 나는 한 달 정도 일본에 머무르며, 일본 살림을 정리하고 여행을 다녔다. 그리고 아침 비행기로 서울로 향했다. 나리타공항까지 나를 배웅했던 명건의 눈동자는 목소리와 함께 떨리고 있었다.

한국에 돌아와 한동안 힘들었다. 원래 내 것이었던 것들에 적응하는 것은 남의 것에 적응하는 것보다 더 낯설게 느껴진다. 하지만 적응 속도는 빠르고, 적응된 뒤에는 푸근하다. 모국에 산다는 것은 언제든 오래된 친구들을 만날 수 있고, 식당에서 가격을 보지 않고 먹고 싶은 음식을 주문을 할 수 있는 것이며, 친구 같은 가족과 함께 있는 것이다. 내겐 친구 같은 사촌이 있다. 사촌 언니인 윤정 언니. 언니와는 어릴 적부터 단짝이었다. 언니를 자주 볼 수 있는 것도 모국에 산다는 즐거움이다.

언니의 아들 푸름은 나를 '이주똥'이라고 부른다. 연경이 지어준 '설사'에 이어 이번엔 대놓고 '똥'이다. 일곱 살배기가 이름에 '똥'자를 넣어 부르는 것은 친근감과 호감의 표현이라고 언니가 설명했다. 영광이라고 해야 하나?

언니는 푸름을 광화문에 있는 영국문화원의 어린이 영어교실에 등록시켰다. 옆집 아이까지 같이 등록시켜 언니는 일산에서부터 광화문까지 양치는 목동처럼 두 아이를 매주 몰고 다녔다. 효자동에 살고 있던 나는 언니와 푸름이 광화문에 오는 날이면 가급적 다른 약속을 잡지 않고 수업이 끝나는 시간에 교실 앞으로 가곤 했다. 이른 저녁 시간, 언니를 보는 것도 수업을 마친 푸름에게 간식을 사주는 것도 기분 좋은 일이다.

어느 더운 여름날이었다. 푸름이 나를 보자마자 외쳤다.

"이주똥! 아이스크림 사줘!"

나는 푸름과 옆집 친구를 데리고 바로 옆 건물의 편의점으로 직행했다. 푸름은 뭘로 고를까 망설이듯 아이스박스 유리뚜껑을 뚫어지게 쳐다보더니, '쌍쌍바'를 집어 들고 친구에게 말했다.

"이거 너랑 나랑 나눠 먹으면 되잖아."

푸름은 더운 날엔 언제나 쌍쌍바를 골라 친구와 나눠먹었다. 쌍쌍바가 단종되지 않고 아직도 나오는 게 신기했지만 푸름이 그것을 좋아하는 게 더 신기했다. 어릴 때부터 나는 어이없이 맛없는, 양만 많은 쌍쌍바를 좋아하지 않았다.

가을이 가기도 전에 겨울이 올 것 같은 쌀쌀한 오후였다. 스산한 늦가을 바람이 부는 날엔 푸름 같은 단순한 어린이를 만나는 것이 정신건강에 좋다. 그날도 푸름은 나를 보자마자 외쳤다.

"이주똥! 초콜릿 사줘!"

편의점에서 푸름은 포장이 가장 소박한 '가나초콜릿'을 집었다. 그 옆에 있던 푸름의 친구는 금빛으로 화려하게 포장된 '페레로로쉐' 초코볼 16개들이를 들었다. 순간 푸름이 당황하는 듯했다. 영문을 알 수 없어 "왜?" 하고 물었더니 푸름은 대답 대신, 페레로로쉐 16개들이 상자를 들고 서 있는 친구를 노려본다. 푸름이 왜 그동안 쌍쌍바를 고집했는지 깨달았다. 귀여워서 웃음이 났다.

친구를 노려보던 푸름의 눈빛은 분노를 넘어 애원하는 눈빛으로 바뀌었다. 내가 계산을 마치는 동안 울상이 되어 내 뒤에 서 있었다. 그날 밤 속상해하며 친구 욕을 하는 푸름에게 언니가 물었다.

"푸름아, 이주똥이 돈을 쓴 게 왜 그렇게 속상한 거야?"

"이주뚱은, 이주뚱 이모는, 가족이잖아!"

푸름은 결국 눈물을 터뜨렸다. 언니의 이야기를 들으며 나도 눈물이 날 뻔했다.

졸업식날 저녁의 삼겹살 식당 장면이 떠오른다. 현기와 엄마 아빠를 번갈아보며 당황하던 명건의 눈빛이 떠오른다. 그 후로 며칠 동안 현기를 '고기만 처먹는 놈'이라고 미워하던 명건의 눈빛이 떠오른다.

일본에서 돌아와 한국에서 10년을 지내고 다시 이탈리아로 떠나기 며칠 전, 언니와 푸름이 나를 보러 왔다. 저녁을 먹고 돌아가는 언니와 푸름을 경복궁역까지 배웅했다. 그날따라 말이 없던 푸름이 개찰구 앞에 서서 나를 올려다봤다.

"이주뚱. 이모… 잘 가."

푸름의 눈동자와 목소리는 떨리고 있었다.

세상에서 가장 강력한 우울증 처방

"벨기에 가서 결혼할까 생각 중이야."

순경은 사뭇 진지했다.

"와~ 우! 드디어 남자친구 생긴 거야?"

"아니."

순경은 대학동기가 벨기에에서 살고 있는데 그 친구에게 프러포즈해볼 생각이라고 했다.

"짝사랑 중인 거야? 이제 아주 별짓을 다하는구나, 서른다섯에 짝사랑질이냐?!"

"아니, 사랑까지는 아니고. 우린 대학 때 마음이 잘 통했어."

순경은 첫 직장이었던 잡지사의 편집 디자이너다. 순경
은 멋있었다. 내가 상상하는 이미지를 말만 하면 마우스를
이리저리 휘저어 만들어냈다. 그녀가 쓰던 매킨토시가 멋
있던 건지도 모르겠다. 뭐든 척척 해내는 그 비싼 컴퓨터가
신기했다. 틈만 나면 디자인실에 가서 매킨토시를 만져보
곤 했다. 하루는 순경이 자리를 비운 사이, 그녀가 만들어
놓은 이미지에 낙서하듯 선을 쫙쫙 긋고 말았다. 당황한 나
는 얼른 순경을 찾아가 내가 한 짓을 이실직고 했다. 순경
은 별일 아니라는 듯, 나를 보며 씩 웃었다. 그리고 마우스
를 몇 번 움직이더니 이미지를 원래대로 복원했다.

"이 편집 시스템이 신기해요?"

"네. 죄송해요. 다시는 안 만질게요."

"앞으로도 만지고 싶으면 만져요."

"그러다 고장나면, 오늘처럼 사고치면 어떡해요?"

"사고 나면, 내가 있잖아요. 컴퓨터는 만지라고 있는 거
예요. 고장나면 고치면 되는 거고, 못 고칠 정도로 망가졌
으면 버려야 했던 컴퓨터예요."

매킨토시보다 순경이 더 멋있었다. 우리가 가까워진 건 그날 이후였다.

동료들은 순경을 '준비된 신부님'이라고 놀렸다. 순경의 어머니는 그녀가 대학을 졸업한 해부터 '딸내미 시집보내기 프로젝트'를 세우고 혼수물품을 하나씩 사 모으기 시작해 일찌감치 결혼 준비를 끝내셨다. 그런데 지나치게 일찍 실행된 프로젝트는 모든 혼수 가전제품을 구닥다리 모델로 만들어버렸다. 당시 스물아홉이었던 순경은 사귀는 사람은 커녕 만나는 사람도 없었다. 마음이 급해진 어머니는 딸의 맞선을 격주로 마련했지만 부질없는 짓이었다. 어머니는 순경이 주말에 집에서 빈둥거리는 것을 무척 싫어했고, 퇴근시간 땡하고 집에 들어오면 매번 실망했다. 순경은 그런 어머니의 정서적 안정을 위해 매일 동료들을 꼬드겨 외식을 하고 노래방에 가고 술 마시는 건수를 만들어 집에 늦게 들어갔다. 잡지사에서 근무하는 동안 나는 순경과 가장 친하게 지냈다. 우리는 서른을 코앞에 두고도 결혼 따위엔 관심조차 없었다. 입으로만 앞날을 걱정하며 하루하루 생각 없이 즐기는 '노처녀'라 불리는 동지였다.

불투명한 미래를 설계하기에 잡지사의 월급은 너무 적었다. 나는 평생 혼자 살지도 모를 나의 미래를 위해 회사를 그만두고 '큰돈'을 벌 목적으로 프리랜서 선언을 했다. 내가 회사를 그만두고 얼마 되지 않아 회사 사정이 조금씩 나빠지기 시작했다. 정기구독 독자의 수가 줄지 않았음에도 욕심 많은 사장의 지나친 사업 확장 때문이다. 순경은 잡지사 일을 하며 다른 일을 알아보고 있었다. 미국의 유명 다단계 피라미드에 빠진 적도 있다. 그 일을 오래하지는 않았다. 친구들이 자기를 피하는 눈치를 보여 그만두었다. 그러던 어느 날, 벨기에로 가서 결혼할 생각을 한 것이다.

순경과 함께 대학에서 도예를 전공한 친구가 몇 년 전 벨기에로 건너가 공방을 차렸다. 그녀는 도자기 굽는 일에 미련을 버리지 못하고 있었다. 친구와 함께 도자기 아틀리에를 운영하며 사는 것도 괜찮을 것 같다고 순경은 생각했다. 유학이 아닌 형태로 벨기에에 가는 절차가 복잡해 생각해낸 것이 그 친구와 결혼하는 것이다.

"그 친구가 너하고 결혼하기 싫다고 하면?"

"부탁하면 결혼해줄 수도 있을 거 같아."

"뭐? 결혼이 부탁받는다고 해줄 수 있는 일이냐?"

"어차피 그 친구도 결혼에 별 관심이 없거든. 일종의 위장 결혼을 하는 거지. 마침 벨기에에서 올해부터 동성결혼이 인정됐거든."

"그 친구 여자야?"

웃음이 터져 나왔다.

"너 제정신 아니지?! 그런데 기발하긴 하다. 넌 역시 창의적이야. 선입견도 없으시면서 용기까지 있으셔! 이순경, 대단해!"

"네가 그 친구라면 결혼해주겠지?"

"당연하지! 나중에 좋아하는 남자가 생기면 이혼하면 그만이잖아!"

"그 남자가 동성 결혼 전적이 싫다고 하면?"

"그딴 놈은 안 좋아하면 그만이고!"

우린 그날, '벨기에에서 동성 결혼'을 기원하며 축배를 들었다.

순경의 기발한 생각을 혼자 알고 있는 것이 아까워 엄마에게도 이야기해주었다. 엄마는 '기가 차서 할 말이 없다'고 했다. 며칠 후, 나는 지인 결혼식에 참석해야 했다. 무척 귀찮았다. 좀 가까운 데서 하지, 내 결혼식도 귀찮아서 안 하고 있는데 남의 결혼식에 꽃단장하고 가야겠냐고 궁시렁대는 나를 엄마는 같잖은 듯 쳐다보며 말했다.

"누구는 결혼하려고 벨기에까지 간다는데, 넌 그게 귀찮아서 안 하는 거지? 아휴… 저건 정상이 아니야… 저러니 친구들도 다 그 모양이지. 그 나물에 그 밥이지."

엄마 눈에 비치는 내 친구들은 하나같이 '비정상'이다. 가장 대표적인 예가 잘생긴 페어플레이어인 '그'다. 그는 일본에서 돌아와 일자리를 구하지 못했다. 구하지 못했다기보다는 구하지 않았다는 게 더 맞겠다. 그는 사업을 구상하는 데 몇 년을 보냈다. 물론 치사하게 살지 못하는 그는 틈틈이 용돈벌이는 했다. 마침 독립해 살다가 본가로 들어온 그의 누나는 쓰던 가전제품을 가득 싸들고 들어왔다. 그는 그것을 하나씩 팔아 용돈으로 사용했다. 냉장고와 에어컨, 심지어는 사치가 심했던 누나의 한 번도 입지 않은 명품 속옷을 가져다 팔기도 했다. 누나의 속옷을 팔기 전, 나에게 여자들은 속옷이 몇 벌이나 필요하냐고 물었다. 내가 알려준 속옷 수만 남겨 놓고 몽땅 팔아치웠다.

어느 날, 급하게 필요한 용돈을 마련하기 위해 집안에 팔만한 물건이 없나 둘러보다 선풍기가 다섯 개나 된다는 것을 발견했다. 에어컨도 있는데 한 집에 선풍기가 다섯 개나 있을 필요가 없다고 생각한 그는 그 중 두 개를 팔려고 했다. 만약 팔이 세 개였다면 세 개를 들고 나왔을 거라고 했다. 팔이 두 개인 것을 억울해하며 선풍기 두 개를 들고 나오는 길, 마침 장을 보고 들어오던 어머니와 현관에서 맞닥뜨리고 말았다. 30대 중반에 접어들던 그는 그 자리에서 어머니로부터 몰매를 맞고 그 길로 집을 나와 노량진에서 지하쪽방 생활을 시작했다.

그는 당장 먹고 살 돈도 벌어야 했고 지하쪽방을 얻을 때 진 빚도 갚아야 했다. 그래서 책을 한 권 출판해 목돈을 벌 생각을 해냈다. 잡지사에서 일을 했던 내게 조언을 구했다. 책을 만드는 과정에 대해 물었다. 편집 디자인과 필름출력, 인쇄, 제본 과정에 대해 듣더니 그는 책을 만드는 과정이 생각보다 복잡하다며 난색을 표했다.

얼마 후, 그는 책을 한 권 뚝딱 써냈다. 편집 디자인은 본인이 손수 대충해서 대학교 앞 복사집에서 복사하고 제본까지 했다.

"아니, 몇 부를 찍을 생각인데, 복사를 해? 그럼, 돈이 더 많이 들 텐데?"

"일단 열 권만 찍을 거야."

"열 권 팔아서 무슨 목돈을 벌어?"

"한 권에 백만 원 받을 거야."

"헉, 누가 사?"

"세상은 네가 알고 있는 게 다가 아니야. 세상은 넓고 인간의 종류는 다양하단다."

그가 쓴 책의 제목은 '그녀를 위한 나만의 체위'인가 '뜨거운 밤을 위한 체위와 기술'인가 그 비슷한 것이다. 그는 본인의 저서를 인터넷 성인사이트를 통해 판매할 것이라고 했다. 그의 말대로 내가 알고 있는 세상이 전부가 아니었다. 그의 책은 발매와 동시에 동났다. 며칠 사이 그는 천만 원을 벌었다. 그의 일화는 친구들 사이에 신화처럼 전해졌다. 우리는 그의 대단하고 특출한 사업능력에 찬사를 보냈다.

그의 이야기를 들은 엄마는 '듣다 듣다 도저히 못 들어주겠다'고 짜증을 내며 나와 그를 비롯한 내 모든 친구들을 하나로 싸잡아 '비정상'이라고 몰아세웠다.

배낭여행을 가겠다고 시계공장까지 다닌 주제에 복돌이 때문에 유학을 포기한 지혜를 시작해, 지독하게 슬픈 시만 쓰면서 하는 짓은 전혀 슬프지 않은 명건, 집을 지키는 애완견을 위한 비디오를 제작하겠다며 몇 달 동안 땅바닥을 기어다닌 현기, 벨기에로 동성 결혼을 하러 가려는 순경, 냉장고에 선풍기를 팔다가도 모자라 한 권에 백만 원짜리 야한 책을 집필하고 판매한 '그'까지. 내 친구들은 객관적으로 봤을 때 충분히 이상할 수 있고, 엄마 말대로 '비정상'일 수 있다.

결혼 이후 나는 남편의 나라에서 결혼 전까지 나와 아무 상관이 없던 사람들을 만나며, 결혼 전까지는 인사말밖에 몰랐던 언어로 생활해야 했다. 내가 선택한 것은 남편 한 사람뿐이다. 그 때문에 한번도 관심을 가져본 적이 없는 프랑스에서 그 나라의 언어와 음식, 날씨와 그 나라에 살고 있는 사람들의 생각에 적응해야 했다. 내가 선택한 한 가지 때문에, 선택하지 않은 무수한 것들과 살아야 한다는 것은 벅찼다기보다는 지루했다. 지루한 일상 속에서 나는 내가 남편의 부수적 존재로 살고 있다는 생각을 지울 수 없었고, 내가 투명해지다 못해 사라지는 건 아닌지 두려웠다. 우울했다.

작년 가을 4년 만에 한국에 다녀온 후 나는 우울함에서 멀어져 있었다. 평생 나를 쫓아다닐 것만 같던 우울한 감정이 어느새 흔적도 없이 사라졌다. 몇 주간 친구들을 만난 것밖에 없다. 친구라는 존재는 내가 누군가의 부수적인 존재가 아니라는 걸 일깨워주는 존재다. 그들은 내게 '너는 정상이 아니'라고 말했지만, '너는 특별해'라고 들리게 하는 눈빛을 가지고 있었다. 나는 내 친구들 한 명 한 명에게 '특별한 존재'였다. 누군가에게 특별한 존재로 인식된다는 것, 이것이 나에게 집요하고 고약한 우울함과 싸워 이길 수 있는 강력한 힘을 준다.

프랑스 작가 몽테뉴의 말대로 '그것이 그였고, 그것이 나였기에' 사랑할 수 있는 존재. 친구란 특별한 존재로 나를 인식해주는 내겐 특별한 존재이다. '비정상'이라 쓰고 '특별함'이라 읽는 것, '특별함'이라 쓰고 '친구'라고 읽는 것, 그것이 바로 '우정'이다.

착해빠진 내 밥이 그립다

"이 아저씨가! 정말 해도 너무 하시네! 우리 방송 펑크나면 아저씨가 책임질 거예요?"

말이 거칠어지기 시작했다. 나는 방송국 입구에서 수위 아저씨와 실랑이를 하고 있었다. 광수는 옆에서 마른침을 삼키다 '은단'을 꺼내 씹었다. 담배가 피고 싶은 모양이다.

2000년대 초, 나는 일본 모 방송사에서 방영한 K-POP 주간 차트 프로그램의 구성작가 겸 라인PD로 일했다. 광수는 카메라맨이었다. 그날은 가수 홍경민 씨를 인터뷰해야 했다. 촬영장소는 〈뮤직뱅크〉 녹화가 있는 KBS 방송국이었다. 가수 매니저에게 우리의 도착 사실을 알리자, 대기실로 와달라고 했다. 섭외담당의 실수로 방송국 출입증을 발급받지 못한 우리는 수위 아저씨의 제지로 대기실에 들어갈 수 없었다. 잠깐이면 된다, 오늘 인터뷰를 못하면 큰일난다고 아무리 애원을 해도, 아저씨는 '그런 사정은 내가 알 바 아니다.'를 반복했고, 실랑이 끝에 내가 폭발해버린 것이다.

내가 먼저 소리를 질러 판을 벌이면, 광수가 한수 거들어주겠지 내심 기대하고 버럭 화를 냈다. 광수는 어디서 구했는지 노인네처럼 '은단'만 연신 입에 털어 넣고 있다. 다행히 홍경민 씨가 리허설 도중에 잠깐 시간을 내어 방송국 밖으로 나와 인터뷰에 응해주었다.

"홍갱민 씨, 멋쩨이! 진짜 싸나이!"

부산 사나이인 광수는 엄지손가락을 치켜세우며 은단 같은 사투리를 연신 털어냈다. 완전 밉상이다. 촬영을 무사히 마치자, 온 몸이 덜덜 떨렸다. 추운 겨울날이었다. 야외에서 몇 시간을 서서 실랑이를 벌이고 대기한 탓이다.

"춥나? 와 떠노?"

"그래! 춥다! 추워!"

나는 쏘아붙였다. 촬영 내내 '촬영만 끝나봐라, 넌 죽음이다.' 벼르고 있던 참이었다. 물러터진 광수는 내 밥이다. 본격적으로 성질을 내볼 참으로 고개를 옆으로 돌렸을 때 광수는 내 옆에 없었다.

'뭐야? 도망간 거야?!'

"이거 마시면 좀 날 끼다." 광수는 자판기에서 뽑은 다방 커피 한 잔을 들고 있다.

"아까 수위 아저씨랑 싸울 땐 완전 모르는 사람이더만! 어째 한마디를 안 거드냐?"

"아재도 먹고 살아야 할끼 아니가? 우리 땜에 아재 짤리면 우짜노?"

"그럼, 나는? 나는 짤려도 되고?"

"미안타. 니는 그래도 딸린 식구는 없다 아이가?"

이런 놈한테 무슨 소리를 하겠나. 커피를 한 모금 마셨다. 얼은 몸이 풀리는 듯했다.

광수의 본업은 영화 조감독이다. 감독 데뷔를 꿈꾸며 시나리오를 구상하고 있지만, 당장 생활비가 없어 아르바이트로 방송 카메라를 잡은 것이다. 그는 삼청동 한옥집 문간

방에서 마당쇠로도 일하고 있었다. 주인 할머니가 좋으신 분이라 방세를 내지 않아 하는 소리다. 서울에 있는 대학을 다니기 위해 상경했을 때부터 쭉 삼청동 문간방에 살았는데 어느 날 주인 할머니가 '내 집에서 이렇게 오래 같이 살았으면 이젠 내 손자나 다름없다'며 방세를 안 받겠다고 했다. 그런 할머니의 마당쇠로 살고 있었다.

K-POP이 일본에서 주목받지 못하던 시기였다. 우리의 프로그램은 6개월 만에 종영되었다. 마지막 인터뷰 촬영을 마친 날, 제작 PD가 종파티를 마련했다. 헤쳐모여 제작 팀이었지만 짧은 기간 정이 많이 들었다. 스태프 중 한 명이 울컥해 눈물을 흘리기 시작했다. 아무 말 없이 앉아 있던 광수가 벌떡 일어났다. 갑자기 '안녕은 영원한 헤어짐이 아니겠지요~' 큰소리로 노래를 부르기 시작했다. 그 식당은 노래를 할 만한 곳이 아니었다. 모두들 당황했다. 덕분에 웃으며 헤어질 수 있었다. 나는 광수를 그저 착한 사람, 조금 딱한 사람 정도로 떠올렸다.

계절이 몇 번 바뀌고, 일본의 영화 전문 채널에서 '한국

영화의 황금시대'라는 제목의 여섯 편의 다큐멘터리 공동 제작 의뢰가 들어왔다. 워낙 페이가 좋아서 선뜻 하겠다고 덤볐다. 세상에 공짜란 없다. 할 일이 너무 많았다. 그중 일본에서 올 수 없는 조명팀을 꾸리는 일은 벅찬 일이었다. 광수 생각이 났다. 영화 조감독인 광수라면 조명팀을 꾸리는 일 정도는 문제없을 거라 확신했다.

광수는 흔쾌히 부탁을 들어주었다. 전화 한 통으로 5분 만에 조명팀을 꾸려냈다. 당시 주목받았던 코미디 영화를 찍었던 조명팀을 섭외했다. 인터뷰해야 할 영화감독이나 배우들 섭외도 일사천리로 해결해주었다. 일본 촬영팀이 들어오기 전 미리 촬영을 해야 했던 영화 〈오아시스〉의 현장 스케치에서는 기꺼이 카메라를 들어주었다. 촬영 도중 대학 선배 설경구 씨의 얼굴을 피하는 광수에게 미안했다. 좁은 영화판이었다. 자존심 하나로 버티는 업계다. 내 부탁을 거절하지 못해 영화가 아닌 방송일로 카메라를 들어준 광수에게 고마웠다.

"광수야, 고맙다."

"뭐라카노? 니는 그런 말 하지 마. 안 어울려! 니는 막 소리 지르고 그래쌌는 게 딱이야."

무뚝뚝한 경상도 사나이는 고맙다는 소리를 듣는 게 쑥스러운 모양이다. 광수 덕분에 일이 술술 진행되었다. 막상 일본 스태프들이 들어와 본격적인 촬영이 시작되면서 현장은 매일 삐걱거렸다. 영화를 제작하는 한국 조명팀은 뿌옇고 따뜻한 영상을 좋아했다. TV 프로그램을 제작하는 일본 모니터팀은 또렷하고 차가운 화면을 원했다. 조명을 조절할 때마다 양 팀의 기싸움이 시작되었다. 하지만 총제작 PD는 일본인이고, 다큐멘터리가 방영될 곳도 일본이었다. 무엇보다 제작비가 나오는 곳이 일본이었다. 나는 한국팀이 일본팀 의견에 맞춰야 한다고 생각했다.

조명을 조절할 때마다 불만이 많던 조명팀은 급기야 반일감정까지 노골적으로 드러냈다. 일본 스태프들이 우리말을 못 알아듣는다고 '쪽발이'라는 말까지 서슴지 않았으며, 한국 스태프 중에 유일하게 일본어를 할 수 있던 나를 매국노라도 되는 양 취급했다. 아무리 우리말을 모르는 일본 스태프들이라 해도 바보가 아닌 이상 눈치를 채고도 남을 만큼 그들의 행동은 거침없었다. 나는 가운데에서 엄청난 스트레스를 받았다. 만만한 광수에게 풀려고 그를 붙잡았다. 광수는 코디네이터로 촬영 내내 우리와 함께 했다.

"저 사람들 왜 저러는 거야? 나한테 담배도 사서 피워야 하냐는 거야. 영화판에서는 스태프들 담배도 사주고 그러냐?"

"영화판은 그래서 그런 기다. 니가 이해해라."

"이해하긴 뭘 이해해? 지금 자기네들 공짜로 일하는 것도 아니고, 처음부터 영화판 아닌 거 알고 왔으면, 그러려니 지네가 이해해야지!"

"그만해라! 니 자들 들고 다니는 장비 봤제? 힘들고 더운데, 음료수 하나 안 사주니 쪽발이 소리 안 나오겠나?"

광수가 짜증을 섞어 말하는 것은 처음 봤다. 섭섭하기보다 성질이 났다.

그날도 촬영 일정이 빡빡했다. 충무로에서 오전 촬영을 마치자마자 영화산업 관련 단체가 있는 다음 촬영지로 이동해야 했고, 저녁엔 대종상 시상식에서 배우 전지현을 기습 촬영해야 했다. 아무리 광수라도 당시 최고의 주가를 올리고 있던 전지현을 섭외하지는 못했다. 오전 촬영을 마친 후, 이동을 위해 일본 제작팀 차에 올라타려는데, 조명팀과 같이 이동하던 광수가 허겁지겁 달려왔다. 손에 박카스 몇 박스를 들고 있었다. 그중 한 박스를 내게 건네며, '나눠 마시라!' 한마디 하곤 조명팀에게 달려갔다. 착해빠진 놈.

그날따라 조명팀은 기분이 업되어 있었다. 그날 밤에 있을 대종상의 조명상 후보 명단에 조명감독의 이름이 있었기 때문이다. 대종상 수상식 레드카펫 앞. 기습촬영은 내 몫이나 다름없었다. 한·일 남자 스태프들은 나와 일본 카메라맨을 기자단 앞자리에 세우기 위해 치열한 자리싸움을 벌였다. 다행히 우리는 포토라인 정면 맨 앞자리에 설 수 있었다. 언제 나타날지 모를 전지현을 인터뷰하기 위해 나는 전방을 주시하고 있었다. 기자단 맞은편 시상식장 입구, 유리문 건너편에서 광수가 혼자 멍하니 담배를 피고 있는 게 보였다. 왠지 쓸쓸해 보였다.

기습촬영을 무사히 마치고, 모든 스태프들이 대종상 시상식장으로 갔다. 조명팀 감독은 아쉽게도 상을 받지는 못했다. 미운정도 정이라고 나를 비롯한 일본 스태프들은 진심으로 위로했다. 그는 웃으면서 괜찮다고 했다. 후보에 오른 것만으로도 영광이라고 했다. 그동안의 한·일 스태프 기싸움은 눈 녹듯 녹아내렸다. 광수는 조금 떨어진 자리에 앉아 있었다. 지쳐 보였다.

"피곤하지? 오늘 촬영 다 끝났으니 그만 가자."

"먼저 가라. 난 신인감독상 결과 보고 갈란다."

신인감독상 명단에 그의 대학 동기 이름이 올라와 있었다. 동기 중에 자신과 함께 유일하게 감독 데뷔를 못하고 있던 친구였다. 만나서 같이 신세한탄을 하던 친구였는데 몇 년 전부터 투자자를 찾아다니느라 정신없이 바빴다고 한다. 그 친구는 그해 초, 굵직한 데뷔작을 선보였다. 데뷔작의 주연은 장동건이었다.

광수의 이야기를 들은 모든 스태프는 남아서 결과를 같이 보기로 했다. 광수의 대학 동기가 그 해 대종상 신인감독상을 수상했다. 우리는 기립박수를 치며 광수 쪽을 돌아봤다. 광수는 가만히 앉아 있었다. 광수의 얼굴에는 만감이 교차하고 있었다.

대종상 시상식장을 벗어나 광수와 둘이서 늦은 저녁을 먹었다. 밥 한 끼 사주고 싶었다.

"너 시나리오 작업은 하고 있는 거야?"

"맨날 구상만 하고 있지."

쓴웃음을 지으며 말했다. 아무 말도 하지 않으려다 어렵게 말을 꺼냈다.

"다음에… 대종상 신인감독상 후보 이름에 네 이름이 있으면, 내가 꼭 촬영하러 갈게."

"지도 헤쳐모여 하고 있는 주제에, 뭔 수로?"

혼잣말을 하듯, 콧방귀를 뀌면서도 웃고 있었다.

우여곡절이 많았던 촬영을 무사히 마쳤다. 2주간의 미운 정은 꽤 깊었다. 일본 촬영팀은 지금까지 일해 온 어떤 스 태프들보다 우리가 가장 기억에 남을 거라며 헤어짐을 아 쉬워했다. 한 달 정도 지난 후였던 거 같다. 일본에서 편집 을 마친 방송분 영상물이 도착했다. 감사의 편지가 동봉되 어 있었다. 광수에게 비디오를 받으러 오라고 했다. 광수는 점심시간쯤 나타났다.

"아! 배고프다! 내 짜장면 한 그릇만 사도! 곱빼기로."

코디네이터비로 받은 돈은 벌써 다 쓰고 한 푼도 없다고 했다.

"이번에 일할 때 보니까, 조명팀 막내 청바지가 너무 낡 은 기라. 그래서 내 청바지 2개 사줬제. 리바이스걸루다가. 내 잘했제?"

"왜? 디젤걸루 사주지 그랬어? 인간아!"

이 착해빠져 딱한 놈을 어째야 할까 싶다.

시간이 많이 흐른 후 광수에게서 전화가 왔다. 전화기 너머로 무척 시끄러운 소리가 들렸다.

"너 지금 어디야? 왜 이렇게 시끄러워?"

"내, 시나리오 작업하러 통영 와 있다 아이가. 아침에 일어나 보니까 쌀독에 쌀이 없어서, 지금 쌀값 벌라고 아침 어시장서 생선 나르다 전화하는기라, 좀 시끄러울끼야."

웃고 있었다.

"지금 웃음이 나냐? 생선 포대나 나르지 왜 전화질이야?"

"생선 나르면서 시나리오 생각하고 있는데, 여자 주인공이 태어나서 첨으로 하는 화장 씬이 필요한데, 내가 화장을 해 봤어야제. 니가 그 부분 좀 써줄래? 공짜로! 내 성공하면 밥 살꺼고마!"

전화를 끊고 광수가 설명해 준 여자 주인공의 성격과 상황을 연상하며 나는 최선을 다해 써줬다. 며칠 후, 광수한테 다시 전화가 왔다.

"가시나, 소설을 썼도만! 뭐 그리 많이 써서 보냈노? 담에 만나면 내 밥 사줄게."

광수의 기운찬 목소리에 이미 밥 한끼 얻어먹은 느낌이

었다.

  쓸쓸했지만 착해빠진 광수와 쓸쓸할까 두려웠던, 성질 더러운 나는 제법 괜찮은 헤쳐모여 콤비였던 거 같다. 그때 우린 막 서른을 넘겼다. 나는 긴장했다. 서른을 넘으면 더 이상 방황해선 안 된다고 생각했다. 안정을 찾기 위해 할 수 있는 일이라면 뭐든 했고 앞만 보고 달렸다.

  흔들리면 안 된다고 단단히 마음먹고 시작한 삼십 대, 너무 긴장한 탓이었을까? 중반을 넘기면서 심하게 흔들렸다. 이곳저곳을 날라 다니다 이곳 프랑스까지 왔다. 프랑스는 영화의 천국이다. 한국영화가 심심찮게 파리에서 상영된다. 한국영화가 올 때마다 나는 감독 이름부터 살펴보는 버릇이 있다. 몸은 떨어져 있지만 마음은 늘 대기중인 게 바로 헤쳐모여 콤비라는 걸, 착해빠진 그 놈도 알고 있을까?

우리의 이야기를 담아내는 아지트

"우리 두부 한 모씩 사 먹어야 하는 거 아니야?"

'감자패거리'를 뒤로 하고 경찰서를 빠져나오며 엄마와 나는 한바탕 웃었다. 늦가을 새벽 공기는 신선했다.

엄마는 2000년대 초, 집 근처 서촌에서 〈콤마〉라는 작은 커피숍을 운영했다. 지금은 서촌이 시내 관광지로 인기가 높지만 그때만 해도 관광객들의 발걸음은 북촌에서 멈췄다. 서촌은 서울 토박이들이 사는 그야말로 조용한 주택가였다. 가끔 발걸음을 하는 아베크족은 한산한 〈콤마〉를 좋아했다.

"아주머니, 이 가게 아주머니 거예요?"

"네, 세를 줄려다 커피숍을 한번 해보는 게 소원이라 제가 오픈했어요."

"그럼 월세 걱정은 없으시겠네요. 다행이에요. 가게가 없어지면 저희가 갈 데가 없어지잖아요."

주민 대부분이 노년층인 서촌의 코딱지만 한 커피숍 〈콤마〉에는 손님이 거의 없었다. 5년을 버틸 수 있었던 것은 월세 걱정이 없기도 했지만, 어디까지나 감자패거리가 〈콤마〉를 아지트로 접수하고 매일 일정 수입을 올려준 덕분이다.

'감자'는 그녀의 별명이다. 그녀의 본명은 들어본 적도 없고 물어본 적도 없다. 〈콤마〉가 감자패거리의 아지트가 된 것은 감자의 공로가 크다. 감자가 맨 먼저 콤마를 발견했고, 그 후로 친구들을 하나둘씩 불러들였다. 어느 날부턴가 여섯일곱 명이 패거리가 되어 우르르 몰려다니며 매일 밤 〈콤마〉에 출근 도장을 찍었다. 그들은 당시 유행하던 친구 찾기 사이트를 통해 다시 만나게 된 초등학교 동창들이었다. 프리랜서로 일을 하던 나는 엄마를 돕는다는 명목으로 손님이 없는 〈콤마〉에서 온갖 차와 커피를 무한 리필로 마시며 번역이나 글 쓰는 장소로 사용했다. 나도 자연스럽게 감자패거리와 거의 매일 만나게 되었다.

엄마와 나는 감자패거리의 어릴 적 추억들은 물론, 그들의 연인관계, 집안 사정까지 속속들이 알게 되었다. 일 때문에 밤 시간 〈콤마〉에서 엄마를 도울 수 없을 때도 나는 감자패거리가 있어 안심할 수 있었다. 그들은 가끔 늦은 시간 취해서 〈콤마〉를 찾는 손님들로부터 엄마를 지켜주는 젊고 든든한 방패막이기도 했다.

그날 밤에는 감자와 은호, 선희와 그녀의 남자친구 길남이 차와 맥주를 마시며 잡담을 나누고 있었다. 늘 그렇듯 손님은 그들뿐이었다. 밤 11시경 아저씨 두 명이 들어왔다. 엄마는 늦은 밤 들어오는 아저씨 손님들을 좋아하지 않았다. 그들은 대부분 이미 술에 취해 있었고, 큰소리로 떠들며 있지도 않은 트로트 음악을 틀어달라고 억지를 부렸다. 늦은 밤 찾아오는 아저씨 손님에게 엄마는 영업시간이 끝나서 더 이상 손님을 받지 않는다고 거짓말을 하곤 했다. 그날 밤에 들어 온 아저씨 중 한 명은, 낮 시간에 혼자 와서 조용히 커피를 마시고 가는 분이다. 통유리 너머로 보이는 인왕산의 산세를 감상하고 갔던 점잖은 아저씨는 트로트 음악을 좋아하지도 않았다. 엄마는 그 아저씨라면 행패를 부리지 않을 거라 확신하고 손님으로 받았다.

아저씨는 눈인사로 엄마에게 인사를 한 후, 커피 2잔을 주문했다. 그때였다. 같이 온 아저씨가 엄마에게 물었다.

"마담은 무슨 차로 하고 싶어요?"

엄마는 당황했다. 나쁜 기분을 숨기지 못하고 얼굴에 그대로 드러내는 엄마는 싸늘한 표정으로 말했다.

"저는 괜찮아요."

"그러지 말고, 여기 앉아서 한 잔 해요."

엄마는 대꾸할 가치도 없다는 식으로 아저씨를 무시했고, 감자패거리는 아저씨들 쪽을 쳐다보며 경계하는 눈치를 보였다. 커피 2잔은 내가 서빙했다.

"아가씨, 마담 것도 한 잔 가지고 와요. 마담 뭘로 할래요? 제일 비싼 걸로 마셔요. 아가씨, 이 집에서 제일 비싼 게 뭐야?"

엄마가 더 이상 참을 수 없다는 표정으로 다가왔다.

"손님, 저희 집은 손님하고 동석하지 않아요. 제가 이 가게 주인이예요. 여기 있는 모든 차는 저한텐 공짜예요. 마시고 싶으면 제가 알아서 마실 테니까 걱정 마시고 아저씨나 마시고 가세요."

"아휴, 이 아주머니, 장사할 줄 모르시네. 물장사 하려면 손님들이 사주는 거 마시고 해야 매상이 오르지."

"아저씨가 우리집 매상 걱정 안 해줘도 돼요!"

엄마는 한번 흥분을 하면 앞뒤를 가리지 않는 성격이다. 내가 나서서 조절을 해야 했다. 나는 아저씨께 엄마가 이미 했던 말을 부드럽고 정중한 말투로 반복했다. 아저씨는 내 공손한 말투에도, 같이 온 친구의 만류에도 아랑곳하지 않고 악을 썼다.

"나 참! 내 돈 내고 커피 마시면서 이렇게 기분 나쁘기도 처음이네! 뭐 이런 경우가 다 있어?"

행패가 시작되었다. 뒷 테이블에 앉아 있던 길남이 급기야 자리에서 일어나 다가왔다.

"아저씨, 이 아주머니와 누님은 제 친 어머니와 누님 같은 분입니다. 이러지 마시고 조용히 커피 마시고 가세요."

길남은 감자패거리에 가장 나중에 합류한 믿음직하고 반듯한 청년이다.

"뭐야? 이런 젊은 놈이 어른한테 가르치듯 말해? 너나 커피 마시러 왔으면 조용히 마시고 가, 남의 일에 상관 말고!"

실랑이가 커질 듯하자 엄마는 흥분을 가라앉히고 같이 온 점잖은 아저씨께 '그만 가 달라'고 부탁했다. 점잖은 아저씨는 미안한 표정으로 친구를 타일렀다.

"자네, 그만 하게. 그만 가자구. 너무 늦었어."

"뭐야? 지금 우릴 쫓아내는 거야? 내가 무슨 잘못을 했는데? 아니, 가게 매상 올려주려고 마담한테 차 한 잔 하라는 게 뭐가 잘못인데? 뭐 이런 거지같은 가게가 다 있어?"

몹시 기분이 상한 듯한 아저씨는 궁시렁대며 자리에서 일어나 가게를 나가려고 했다. 그때였다. 감자패거리가 동시에 일어나 가게를 나가는 아저씨를 막고 나섰다.

"아저씨, 커피값 내고 가셔야죠!"

"뭐? 웃기는 소리하고 있네! 내가 마시지도 않은 커피값을 왜 내?"

"아저씨가 주문하셨고, 지금 커피가 테이블 위에 있으니까, 마시든 안 마시든 그건 아저씨 사정이고, 주문한 커피값은 내셔야죠!"

엄마는 아이들에게 커피값은 안 받아도 되니 그냥 가게 놔두라고 했다. 아이들은 왜 안 받냐며, 자기들이 받아내 겠다고 했다. 결국 선희와 나는 길남의 지시에 따라, 근처 파출소에 가서 순경을 데리고 왔다. 파출소에서 출동한 순 경은 행패를 부리는 아저씨를 설득하려 했다. 아저씨는 막 무가내였다. 엄마와 나는 그 아저씨를 그냥 돌려보내고 싶 었지만, 정의로웠던 젊은 감자패거리는 물러서지 않았다. 결국 우린 파출소에서 해결을 보지 못하고, 경찰서까지 가 야 했다. 행패를 부린 아저씨는 무전취식 현행범으로 파출 소 순경과 함께 경찰서로 향했고, 감자패거리는 신고인 신 분으로, 엄마와 나는 증인으로 택시 두 대로 경찰서로 이 동했다.

택시 안에서 은호는 남자친구인 후정에게 전화를 했고, 감자는 그날 밤 현장에 없었던 감자패거리들에게 전화를 돌리며, 경찰서로 향하고 있는 급박한 상황임을 알렸다. 모 두들 왠지 신나 보였다. 시간은 어느새 새벽 2시를 향하고 있었다.

경찰서 안은 한산했다. 형사는 컴퓨터 앞에 앉아 증인 과 신고인이었던 우리에게 질문을 하고 우리의 대답을 받아 적었다. 그러는 사이, 은호의 남자친구인 후정과 나머지 감자패거리들이 경찰서로 몰려왔다. 형사는 갑자기 몰려든 그들이 신고인의 친구들이란 사실에 '대체 이것들은 뭐야?' 하는 표정을 지었다. 나와 엄마는 새벽에 택시를 타고 달려온 나머지 감자패거리들이 장소가 장소인 만큼 반갑기도 했지만, 그보다 웃겼다.

형사는 우리에게 증인 신문이 끝났으니 그만 집에 가라고 했다. 아이들도 뒷일은 자기들이 알아서 할 테니 우리에게 어서 집에 가서 쉬라고 했다. 그들은 애써 의미심장하려 했지만, 왠지 들떠있는 듯한 속내는 숨기지 못했다. 그들은 모두 20대 초반이었다. 귀여웠다.

다음 날, 엄마는 분명 그날 저녁에도 〈콤마〉를 찾을 감자패거리를 위해 작은 이벤트를 준비해야겠다며 장식장에 있던 양주를 아빠 몰래 훔쳐 나갔다. 아니나 다를까 그날 감자패거리는 한 무리를 이루어 가게 안으로 들어왔다. 아이들은 새벽 6시까지 경찰서에 있었다. 그들은 경찰서에서 있었던 이야기를 대단한 무용담이나 되듯 신나게 늘어놓았다. 형사 아저씨의 말투가 영화 속에서 보던 형사들과 똑같

왔다며 흉내를 내고 난리가 났다. 엄마가 아이들에게 고맙다며 양주를 들고 오자, 아이들은 한사코 거절했다.

"너희들이 우리 때문에 한 고생을 생각하면 이건 아무것도 아니야. 아줌마 성의니까 오늘 여기서 이거 다 마시고 가. 그리고 오늘 너희들이 먹고 싶은 거 다 먹어! 오늘은 아줌마가 쏜다!"

엄마는 신나 있었다.

50대 후반이었던 엄마, 서른을 막 넘긴 나, 그리고 20대 초반이었던 감자패거리는 그날 밤 한 패가 되어 아지트 〈콤마〉에서 시간 가는 줄도 모르고 웃고 떠들었다.

어릴 적, '저녁을 먹고 나면 허물없이 찾아가 차 한잔 마시고 싶다고 말할 수 있는 친구가 있었으면 좋겠다'고 했던 유안진의 『지란지교를 꿈꾸며』 첫 문장을 좋아했다. 그리고 그런 차 한잔을 같이 할 수 있는 아지트가 있으면 좋겠다고 생각했다. 마음 맞는 친구들이 모여 시간 가는 줄 모르고 우스갯소리를 할 수 있는 그런 아지트. 아지트는 그 안에서 벌어지는 모든 일을 고스란히 담아내는 묵묵하고 듬직한 친구 같은 존재인 듯하다.

그립지도, 보고 싶지도 않는 법

그날도 하루 종일 집에만 있었다. 전화벨이 울렸다. 근형이었다.

마음을 단단히 먹고 시작한 서른이었다. 인생이 잘 풀리는 듯했다. 새로 시작한 연애도 순조로웠고, 그즈음 썼던 일본어 교재는 베스트셀러가 되었다. 교재의 성공으로 굵직한 출판사의 기획자와 사장들로부터 연락이 왔고, 강남에 사는 아주머니들은 아이의 일본어 개인교습을 부탁했다. 레슨비는 부르는 게 값이었다. 일본 방송사의 일들도 끊임없이 이어졌고 통역과 번역 일도 수시로 들어왔다. 다니던 잡지사를 그만두고 프리랜서 선언을 했던 내게 일거리가 밀려들었다. 정신없이 바빴지만 정신적으로 안정된 나날이었다. 파란 새벽공기 속 절망했던 정적의 시간들은 잊혀져가고 있었다.

그리 길지 않았다. 삼십대 중반, 새벽녘 정지된 공기 속에서 나는 다시 절망했다. 어렵게 시작했던 두 번째 사랑이 떠났다. 한동안 슬펐고 그리고 한동안은 억울했다.

'내가 무슨 잘못을 했길래?'

이별은 누구의 잘잘못을 따질 일이 아니라는 생각이 들고부터는 허무했다. 그 후로는 모든 것이 귀찮았다. 무기력해졌다. 아무것도 하고 싶지 않았고, 아무 생각도 하고 싶지 않았다. 나는 학교도 회사도 다니지 않는 서른 중반 프리랜서다. 내가 원하면 그렇게 아무것도 하지 않고 지낼 수 있다. 언젠가부터 집에만 있었다.

"뭐 하셔? 나오실 수 있나? 나 광화문이야. 저녁이나 같이 먹자구."

근형은 광화문을 지날 때면 어김없이 내게 전화를 했다.

근형을 처음 만난 것은 서른 즈음이다. 친구 영은의 대학 후배로 우린 잠시 같은 문화콘텐츠 프로덕션 사무실에서 일한 적이 있다. 여러 분야의 문화계 사람들과 만나 대화를 하면서 새로운 콘텐츠를 기획하고 추진하는 일이었다. 그런 일을 같이 하면 대개 금방 친해진다.

그곳에서 우리는 들쑥날쑥 사무실에 나타나 이런저런 잡담을 하고, 저녁시간이 되면 그 시간까지 사무실에 있던 아무나와 회식 자리로 이동해 잡담을 했다. 회식자리에서 근형은 술을 한모금도 마시지 않았다. 못 마시는 건지, 안 마시는 건지 물어봤을 때 '믿고 있는 종교 때문에 안 마시는 것'이라고 했다. 근형은 독실한 개신교 신자이다. 그는 늦게까지 이어지던 술자리에서 언제나 마지막까지 남아 콜라를 마셨다. 콜라를 버리지 못하는 나로서는 콜라를 남김없이 마시는 근형이 마음에 들었다.

근형은 한마디로 알 수 없는 녀석이다. 교회 오빠 특유의 성실함이 느껴지면서도 일탈을 꿈꾸는 방랑자의 냄새가 풍겼다. 굉장히 섬세하면서도 어딘가 모르게 무딘, 똑똑하면서도 멍청했다. 엄마가 운영하던 〈콤마〉의 에스프레소 잔이 예쁘다며, 어디서 살 수 있는지 메모하는 섬세한 면이 있으면서도, 처음 만난 여자한테 '우셨어요? 눈이 많이 부었어요.' 물어보는 주접을 떨었다. 처음 만난 여자한테 그런 몹쓸 말을 하면 안 되는 거라고 알려줬을 때 그는 말했다.

"그런 거야? 난 그냥 눈이 부어 있어서, 울었나 하고… 무슨 일이 있었나 궁금해서 물었지."

정말 멍청해 보였다.

어느 날 효자동에 와 있다며 나를 불러냈다. 효자동 지리를 잘 모르는 근형과 일단 길에서 만나 커피숍으로 가기로 했다. 근형은 뽁뽁이 비닐에 싸인 뭔가를 가슴에 안고 있다.

"뭐야?"

"컴퓨터 키보드. 나 요즘 이거 모으는 재미로 살아."

그런 취미도 있구나, 생각했다. 커피숍에 앉자마자 근형은 키보드의 입력 방식과 재질에 대해 신나게 설명했다. 그날 효자동에서 샀다는 키보드는 비행기 본체를 만드는 금속으로 만들어졌다며 마구 던져도 깨지지 않는다고 자랑했다. 내가 한번 던져보려고 했을 때 근형은 기겁을 하며 나를 경계했다.

"너희 엄마도 네가 이런 거 모으는 줄 알고 계시니?"

"응, 아셔. 다만 가격을 모르시지! 으하하하."

효자인 근형은 장기적인 효행을 위해 부모님 몰래 소소한 일탈을 하고 있었다. 장기전을 하려면 뛰어서는 안 된다는 것을, 나보다 한 살 어린 근형은 알고 있었다.

만나야 될 이유도 없지만, 만나지 않아야 될 이유도 없던 근형을 만나기 위해 초겨울 광화문 거리를 걸었다. 일본에서 공부하는 동안 내가 가장 그리워했던 곳, 광화문. 늘 내가 좋아하는 누군가와 같이 걸었던 그곳은 언제나 좋았다.

근형은 내가 며칠째 집에만 있었다는 것을 눈치챈 듯했다. 늘 물어보던 그의 안부를 묻지 않았다. 계속 집에만 있었던 나를 모른 채 해주는 근형의 세심함이 고마웠다. 같이 저녁을 먹고 차를 마셨다. 9시쯤 되었을 때 근형은 다른 약속이 있어 가봐야 한다고 했다.

"이 시간에 다른 약속?"

"초등학교 동창들하고 스타크래프트 길드를 만들었거든. 게임하러 가야 해."

"넌 아직 초등학교 친구들하고 친하게 지내는구나…. 넌 친구가 참 많은 거 같다. 비결이 뭐야?"

"비결? 내가 매력적이잖아! 으하하하."

본인이 생각해도 민망한 발언인지 소리 내어 웃었다.

세종문화회관 앞 버스정류장까지 같이 걸었다. 거기서 근형은 버스를 타고 약속장소로 가야 했고, 나는 걸어서 집에 갈 생각이었다. 근형이 타야 할 버스가 경복궁 쪽에서 오고 있었다. 근형은 버스를 탈 채비를 하며 인사를 했다.

"나, 간다."

그리고 버스에 올라타기 전, 뒤돌아 내게 말했다.

"그냥, 끝까지 연락하는 거야! 그래서 나한테 잘못 걸리면 큰일 나! 으하하하."

저 알 수 없는 인간이 뭔 소리를 하고 있나? 뜬금없다.

집으로 돌아가는 광화문 뒷거리에서 근형의 말을 떠올렸다.

'끝까지 연락하는 거야….'

아, 근형이 친구가 많은 비결이구나.

집에만 틀어박힌 지 수개월째였다. 나는 그동안 근형만 만났다는 생각이 들었다. 정확하게 말해서, 근형만 만난 것이 아니라 근형만 내게 전화해 만나자고 했던 것이다.

오래도록 마음에 남는 그리운 친구, 지금은 뭘 하고 지낼까 궁금해지는 친구, 많이 보고 싶은 친구가 있다. 우린 누구나 그런 친구가 있다. 왜 그럴까? 그 친구와 연락이 끊겼기 때문이다. 끝까지 연락하면, 연락이 끊기지 않는다는 것을, 그 단순한 것을, 우리는 모르고 살고 있구나. 그것을 몰라서, 나는 그 많은 시간을 그리움으로 낭비하고, 슬프고, 억울해서 무기력해진 것인지도 몰랐다. 끝까지 연락하는 근형한테 딱 걸린 나는, 적어도 친구가 한 명도 없어지는 일은 없겠다는 생각에 오랜만에 웃었다.

4

헛되이 헤맨 시간은
새로운 시작을 위한 밑천이다

Juyan 709

세상에서 가장 잔인한 친구

마시모Massimo의 아버지가 돌아가셨다. 마시모는 내 동생 자영이 일하고 있는 이탈리아의 한 방송사 분장실에서 일하는 헤어 디자이너이다. 동생을 만나러 로마에 갈 때면 나는 마시모에게 머리 손질을 부탁한다. 자영은 마시모의 아버지 장례식에 다녀왔다고 했다. 마시모가 많이 슬퍼보였다고 했다. 일주일이나 지났을까, 오전 중에 동생에게 전화를 했는데 받지 않았다. 늦은 밤 걸려온 전화에서 동생은 장례식장이라 전화를 못 받았다고 했다.

"이번엔 누구 장례식?"

"마시모 엄마가 돌아가셨어."

아버지의 장례식을 마친 날 저녁, 마시모의 엄마는 몸 상태가 좋지 않았다. 갑작스런 남편의 죽음을 감당해야 했고, 장례식을 치루느라 피곤한 탓이라 여기며 며칠을 보냈지만 상태가 호전되지 않아 병원을 찾았는데, 이미 손을 쓸 수 없는 상태였다.

마시모의 엄마는 그날 오후 2시쯤 병원에 도착해서 오후 5시에 병원에서 돌아가셨다. 남편 장례식을 마치고 닷새째 되는 날이었다. 동생은 장례식장에서 만난 마시모에게 아무 말도 할 수 없었다. 마시모는 제정신이 아니었다. 부모님의 연이은 사망 때문이 아니었다. 오로지, 엄마가 죽었기 때문이었다.

마시모는 성소수자이다. 그런 마시모를 아버지는 평생 못마땅하게 여겼다. 엄마는 달랐다. 마시모는 엄마에게 아들로 태어난 딸이었다. 엄마의 가장 친한, 엄마가 가장 사랑한 친구였다.

동생과의 통화는 마치 프랑스 영화 같았다. 대화 사이에 공백이 길게 이어진다. 동생과 나는 동시에 한 사람을 떠올리고 있었다. 우리 엄마.

2006년 겨울. 인천국제공항에서 몰래 봤던 엄마의 뒷모습. 엄마는 혼자 벤치에 앉아 버스를 기다렸다. 10년이 지난 지금도 또렷한 장면이다.

　어릴 적 외국으로 유학을 가겠다고 했을 때 엄마는 반대했다. 서른 중반 내가 이탈리아로 아무 이유 없이 가겠다고 했을 때 엄마는 그러라고 했다. 집에만 틀어박혔던 나의 1년을 엄마는 말없이 지켜봤다. 내가 내리게 될 결정을 어떤 내색도 없이 기다렸다. 다시 엄마 곁을 떠나겠다는 결정, 이번엔 공부를 마친 후 돌아오겠다는 기약도 없이 무작정 떠나겠다는데도 그러라고 했다. 아무도 이해하지 못했던, 이해하려 하지 않았던 결정을, 세상의 단 한 사람, 내 엄마는 그대로 받아들였다.

　인천공항까지 엄마가 따라왔다. 티켓팅을 마치고 짐을 부친 후, 엄마에게 그만 집에 들어가라고 했다. 일본 유학시절 방학동안 서울에 머물다 다시 도쿄로 돌아가는 내 뒷모습을 보며 엄마는 항상 울었다. 엄마가 공항에서 혼자 울고 서 있을 게 싫었다. 엄마는 내가 출국심사대로 들어가는 모습을 보고 가겠다고 했지만, 내가 고집을 부렸다. 나는

엄마가 보는 앞에서 출국장으로 들어가는 긴 줄에 섰다. 길
눈이 어둡고 한번도 혼자 공항에 와 본 적이 없는 엄마에게
공항버스 타는 법을 몇 번이나 설명했다. 엄마는 도착해서
전화하라는 말을 남기고 뒤돌아섰다.

엄마의 모습이 조금 멀어졌을 때, 나는 출국장 긴 줄에
서 빠져나왔다. 엄마의 뒤를 쫓아갔다. 엄마는 내가 일러
준 대로 공항버스가 서는 정류장에 무사히 도착했다. 좌우
로 두리번거리더니, 정류장 앞 벤치에 앉아 버스를 기다렸
다. 그날 본 엄마의 뒷모습. 그 조그마한 뒷모습. 나는 울
지 않았다.

이탈리아로 떠나 처음으로 맞은 여름, 엄마가 로마에 왔
다. 새로 발급 받았다던 여권 사진 속 엄마는 알아보기 힘
들 정도로 말라 있었다. 그해 여름 엄마와 나, 동생은 이탈
리아의 이곳저곳을 여행했다. 베니스에서 곤돌라를 타며,
엄마는 소녀처럼 좋아했다. 건조한 이탈리아의 여름, 끊임
없이 갈증이 난다며 엄마는 시도 때도 없이 음료수를 사오
라고 했다. 내가 조금이라도 늦게 음료수를 대령하면 엄마
는 짜증을 냈고, 우린 티격태격 싸웠다.

이탈리아식 샌드위치 파니노를 좋아하지 않는 엄마를 위해 동생은 단무지만 넣은 김밥을 싸들고 다녔다. 점심 때 동생은 파니노를 먹어가며 슬쩍슬쩍 엄마의 단무지 김밥을 먹었다. 엄마는 본인이 다 먹어도 모자란다며 그만 먹으라고 했고, 우린 그런 엄마를 '치사한 먹보'라고 놀렸다. 그해 여름, 우리 셋은 고교시절 친구들과 몰려다닐 때처럼 이탈리아를 누비고 다녔다. 엄마는 심부름을 정말 많이 시키는 우두머리 친구였다.

지난 가을 한국에 갔을 때 영은을 만났다. 우린 서로 거의 연락을 하지 않고 지내는 친구이다. 그녀와는 늘 그랬다. 내가 한국에 있을 때도 우린 어쩌다가 한번씩, 아주 가끔밖에는 만나지 않았고, 연락도 하지 않았다. 그런데, 이상하게도 힘든 일이 있을 때면 나는 영은을 떠올린다. 그녀의 덤덤하게 포장된 섬세함은 언제나 나에게 힘이 되었다. 설명하기도 귀찮은 편치 않은 마음속 이야기를 대충 뭉뚱그려 던져도 잘 알아듣는다. 그리고 신중하고 진실되게 충고를 건네는 녀석이다. 오지랖이 넓어 가끔은 해결사 역할을 자처하는 적극성을 보여 사람을 웃기기도 한다.

"엄마가 돌아가셨어. 한동안은 믿겨지지 않더라."

"아… 그랬구나. 임종은 지켰니?"

"응. 엄마가 죽기 전에 나를 보고 씩 웃으면서 '영원한 친구'라고 말했어. 그런 간지러운 소리를 하고 가다니."

영은은 엄마의 마지막 말을 그녀 특유의 무덤덤한 말투로 전하며 피식 웃었다.

나는 영은의 어머니를 본 적이 있다. 둘째를 낳고 집에서 몸조리를 하고 있던 영은을 찾아갔을 때였다. 영은과 내가 만날 수 있게 해준 김선생과 함께였다. 우리가 집에 들어서자마자 딸의 산후조리를 위해 제주도에서 올라와 있던 영은의 어머니는 총알처럼 집을 튀어나갔다. 아담한 키에 마른 체구였던 어머니의 동작은 정말 민첩했다. 잠시 후, 응접실에 앉아 있는 우리에게 수북한 홍시 한 쟁반과 비스킷 한 접시를 갖다주고는 수줍은 듯 부엌으로 가셨다.

홍시와 비스킷.

참 안 어울리는 조합이라고 생각했다. 그 조합을 내놓기 위해 방금 전 총알처럼 튀어나가셨나 싶어 어머니가 너무 귀엽게 느껴졌다. 우리 엄마도 충분히 그런 이상한 조합을 생각해낼 수 있을 거라 생각하며 혼자 속으로 웃었다. 엄마는 순대와 우유를 간식으로 준 적도 많다. 그것은 이상함을 넘어 끔찍한 조합이다. 그날 영은은 앉은 자리에서 홍시 두 개를 뚝딱 해치우며 내게도 권했다. 그때 만해도 영은은 내가 과일을 싫어하는지 모르고 있었다.

제주도에서 태어나고 자란 영은은 어릴 때부터 매일 부둣가에 앉아 그 섬을 벗어나고 싶다는 생각을 했다. 제주 앞바다의 수평선은 영은의 시선보다 높아서 그녀를 영원히 섬에 가둬버릴 것만 같았다. 그것은 공포였다. 서울에 있는 대학에 가는 방법밖에는 벗어날 길이 없다고 생각했다. 그녀는 서울에 있는 대학에 합격했다. 서울로 떠나는 딸을 그녀의 엄마는 자랑스러워했다. 훗날 영은의 동생은 언니가 떠나던 날, 엄마가 얼마나 많이 울었는지 이야기해주었다.
어디서 많이 들어 본 이야기였다. 내가 도쿄로 떠나던 날, 우리 엄마가 얼마나 울었는지, 내 동생은 시간이 많이 흐른 후에 내게 말해주었다. 영은의 이야기를 들으며 내 엄마도 언젠가는 내게 '영원한 친구'라는 말을 남길 것 같아 두려웠다.

딸에게 엄마란 아낌없이 주고도 미안해하는, 한없이 양보하는, 늘 같이 웃고 같이 우는, 하지만 딸보다 먼저 이 세상을 떠나는, 결국 딸을 혼자 남겨두는, 끝없는 그리움을 남기고 떠나는 존재이다. 엄마는 세상에서 가장 잔인한 친구이다.

좋으면 아낌없이 막 퍼주기

"주온, 주온 이거 뭔지 알지?"

"응. 키리모찌切ŋ餠(정월에 먹는 찰떡을 사각형으로 썰어 건조시킨 떡). 왜? 너, 이거 또 나 주려고 가지고 왔지?"

"응, 엄마가 보내줬어. 어떻게 먹는지 알지? 구워서 김에 싸서 먹는 거. 집에 김은 있어?"

"왜? 없으면 그것도 가져다주게?"

"응, 나 김 대빵 많아! 내일 가지고 올게."

"야, 됐어! 그거 다 너희 엄마가 너 먹으라고 일본에서 보내주신 거잖아. 이제 그만 좀 퍼 날라!"

"으흐흐흐. 나눠 먹으면 좋잖아. 으흐흐흐."

치에코智惠子는 바보처럼 웃는다. 그 앞에 키리모찌 한 봉지를 들고 서 있는 내 꼴은 모자라는 앵벌이한테 삥뜯고 있는 양아치 같다.

확실히 집에만 있는 것보다는 나았다. 결혼할 동성도 없었지만, 동성결혼이 인정되지 않던 이탈리아에서 나는 순경의 방법을 택할 수 없었다. 언어학교부터 등록했다.

학교는 바티칸 대성당 뒤쪽에 있었다. 매일 아침 성당 앞 산 피에트로 광장을 가로질러 걸었다. 종교가 없는 나지만, 그 앞을 지날 때면 뿌연 희망이 보이는 것 같아 좋았다. 광장을 걸을 땐 옆을 보고 걸었다. 고개를 돌리면 바티칸 대성당이다. 매일 아침 소원을 빌었다.

'외로움을 끊을 수 있게 해주세요. 그 다음은 알아서 해주세요.'

누군가가 너무 그리워 외로운 시간을 보냈다. 그런 시간이 지나자 이번엔 아무도 그립지 않아 외로웠다. 외로움은 중독된다.

로마에 온 뒤, 외로울 시간이 없었다. 새로 적응해야 할 것들이 너무 많다. 아무것도 하지 않고 보낸 시간들은 헛된 것만도 아니었다. 아침에 일찍 일어나야 하는 것도, 늘그막에 어려운 이탈리아어를 공부해야 하는 것도 힘들지 않았다. 헛되게 보낸 시간은 새로운 시작을 힘겹지 않게 하는 밑천이 되었다. 인생은 할 만한 장사 같다. 손해 보는 일은 많지 않다.

치에코는 언어학교에서 만났다. 동양인이 거의 없던 로마의 언어학교에서 치에코를 봤을 때 나는 무척 반가웠다. 다가가서 그냥 말을 걸었다.

"일본인이시죠?"

그녀는 딱 봐도 일본인으로 생겼다. 그녀는 정말 일본인이었다. 처음 보는 사람이 말을 걸어올 때, 일본인들이 짓는 표정. 경계의 표정으로 나를 이상하게 쳐다봤다.

일본인 짬밥 16년째였다. 그런 표정에 익숙한 나는 개의치 않고 말을 했다.

"나 커피 마시고 싶은데, 혼자 가기 싫어서요. 혹시 커피 마시러 나랑 잠깐 나갔다 올래요?"

치에코는 조금 당황한 듯하더니 나를 따라나섰다.

치에코는 그해 가을, 런던에서 공부할 때 만난 쥬세페 Giuseppe와 결혼을 앞두고 있었다. 이탈리아어도 배우고 결혼 준비도 하기 위해 서둘러 로마에 왔다고 했다. 나는 그냥 사는 게 갑갑해서 쉬러 왔다고 했다. 내 말에 치에코는 경계를 완전히 푸는 듯했다

"아, 수업에 늦겠다. 어서 들어가요."

치에코가 동전지갑을 꺼냈다.

"몇 살? 나보다 많이 어려 보이는데."

"서른 살이에요."

"내가 언니네. 나는 어린 것한테는 절대 얻어먹지도 않고, 사주기까지 해!"

계산을 하는 내 뒤에서 치에코는 계속 떠들었다.

"이러지 마세요, 괜찮아요. 이런⋯ 다음엔 제가 꼭 살게요."

천상 일본인이었다. 나는 치에코가 너무 시끄러워서 '너 좀, 시끄럽다.'고 했더니 치에코 얼굴에 웃음꽃이 피었다.

치에코는 그 다음날부터 일본에서 엄마가 보내주는 음식들을 내게 퍼 나르기 시작했다. 연어 후리카케ふりかけ(생선가

루, 소금, 김 등을 넣어 건조하게 볶은 음식으로 밥 위에 뿌려 먹거나, 주먹밥 재료로 사용한다.)를 가지고 온 날, '일본에 있을 때, 유카리 후리카케ゆかりふりかけ(차조기잎과 매실을 넣어 새콤한 맛이 나는 보라색 후리카케)를 좋아했어.'라고 지나는 말로 한마디 했더니, 그 다음날로 대령했다. '오차즈케ぉ茶漬け(생선, 어란, 김가루 등을 올린 흰밥 위에 뜨거운 녹차를 부어 먹는 음식)를 처음 먹어봤을 때, 뭐 이런 음식이 다 있나 했어. 지금은 없어서 못 먹지만.'라고 하면, 그 다음날 인스턴트 오차즈케를 대령했다.

말만 하면 다 나와서 말을 하지 않았더니, 그 다음부터는 알아서 대령했다. 시간이 흐른 후, 그녀의 어머니를 만났을 때 면목이 없을 정도로 치에코는 모든 것을 내게 퍼주었다. 치에코의 어머니는 외국으로 시집가는 외동딸에게 아예 일본의 슈퍼마켓을 보내고 싶은 모양이었다. 일본에서 감자칩까지 보냈다.

외동으로 자란 치에코는 어릴 적부터 집에 손님이 오는 것을 좋아했다. 친구들이 집에 오는 것은 정말 행복한 일이라며 나에게 매일 집에 놀러 오라고 졸랐다. 나는 자주 그녀의 집에 놀러 갔다. 내가 집에 들어가는 동시에 치에코는 요리를 시작했다. 일본식 카레라이스, 돈까스, 김초밥, 라멘, 하루사메 샐러드….

치에코가 요리하는 사이, 나는 그녀가 키우던 토끼와 놀았다. 완성된 요리는 거실 테이블 위에 놓고 바닥에 앉아 먹었다. 점심을 먹고 놀다가 집에 가려고 하면, 치에코는 어김없이 "잠깐만!" 하고 소리쳤다. 비닐봉지에 센베이를 싸서 내 손에 들려주었다.

'혹시 이 아이가 어릴 적 이지메를 당해서 외로웠나?'

명건의 처남이 로마로 여행을 왔다. 명건은 처남 편으로 내가 좋아하는 일본 추리 소설책을 여러 권 보냈다. 대만사람인 명건의 처남과 약속을 잡고 만나기로 했는데 만나서 책만 덜렁 받고 올 수는 없는 노릇이다. 커피라도 한잔 해야 할 텐데 내 영어 실력으로 앉아서 무슨 말을 해야 할지 걱정스러웠다. 런던에서 공부했던 치에코를 섭외했다. 통역비로 로마에서 가장 비싼 커피 한잔에 원하면 젤라토도 사주겠다고 꼬셨다.

"그런 거 안 사줘도 돼! 와, 재밌겠다."

치에코 덕분에 명건 처남과의 대화는 자연스러웠다. 그

와 헤어지고 치에코와 시내를 걸었다. 포폴로 광장에서 한 남자가 마이클잭슨 분장을 하고 빌리진 춤을 추고 있었다. 치에코가 빌리진 춤을 추기 시작했다.

"주온, 너도 춰봐!"

즐거운 표정으로 마이클 잭슨 스텝을 이어가며 나를 부추겼다.

"주온은 옛날에 학교 친구들이랑 빌리진 춤 안 췄어?"

"난 춤을 잘 못 춰서 안 췄어. 너는 애들이랑 모여서 빌리진 춤, 막 추고 그랬냐?"

"응, 쉬는 시간에 교실 안에서. 마돈나 춤도 추고 마이클 잭슨 춤도 추고."

"난 네가 혹시 어릴 적에 이지메라도 당했던 건 아닌가 생각했어. 이지메를 당해서 친구가 없어서 외로웠던 건 아닌가. 그래서 뭔가를 자꾸 퍼줘서 친구를 만들려고 하는 건 아닌가하고 말이야."

"내가 다닌 학교는 시골이라서 학생 수도 얼마 안 됐어. 이지메 같은 거 없었어. 으흐흐흐, 내가 이지메 당했다고 생각한 거야? 으흐흐흐, 일본어를 할 수 있는 한국인 친구를 로마에서 만나다니! 신에게 감사하다고 생각했어. 나는 주온이 좋아서 친해지고 싶어서 그런 거야. <u>으흐흐흐</u>."

　바보처럼 웃는다. 치에코와 계속 친해지고 싶다.

　치에코의 친구 만드는 법, '막 퍼주기'. 매우 효과적인 방
법이다. 그렇게 만드는 친구가 무슨 친구냐고? 그럼 어떻
게 만들어야 친구란 말인가?

친구라서 좋았던 사람

문을 빼꼼 열고 지각생이 들어온다. 지각생치고는 너무 늙었다. 부스럭부스럭. 지각생의 걸음걸음마다 정신 사나운 소리가 난다. 손에 들고 있는 슈퍼마켓 비닐봉지에서 나는 소리다. 군데군데 구멍난 봉지 안에는 책이 잔뜩 들어있다. 미국인은 아닌 거 같다. 미국인들은 비닐봉지 안에 과일을 넣고 다닌다.

중급반 첫 수업시간이다. 나와 치에코 이외엔 모두 새로 등록한 학생들이다. 강사는 지각생에게 자기소개를 부탁했다.

"제 이름은 에두아르Edouard이고요, 프랑스 사람입니다. 프랑스 그르노블Grenoble의 한 고등학교에서 프랑스어와 라틴어 선생으로 일하고 있습니다. 이탈리아어는 3주 정도 독학했는데, 여름 방학을 맞아 한 달 동안 현지에서 공부해볼까 하고 왔습니다. 오늘은 늦어서 죄송합니다. 어젯밤 늦게까지 책을 읽어서 늦잠을 자고 말았네요. 어젯밤 읽은 책은 정말 흥미로웠어요. 라치오주Lazio州에 남아있는 에트루스키 유적에 관한 책인데, 여러분도 관심 있으시면 꼭 읽어보세요. 그건 그렇고, 말이죠. 어쩌고저쩌고…."

'뭐야? 저렇게 이탈리아 말을 잘하는 게 왜 나랑 같은 반이야? 그리고 왜 저렇게 말이 많아?'

쉬는 시간 에두아르는 부스럭거리며 비닐봉지를 뒤져 그 안에 있던 책들 중에 한 권을 꺼내 읽다가 치에코에게 말을 시켰다. 나는 배가 고파서 카푸치노를 마시러 나갔다.

다음 날도 빼꼼 문이 열리고 지각생이 들어온다. 지각생 치곤 너무 늙은 에두아르다. 부스럭부스럭. 책이 잔뜩 담긴 너덜거리는 반투명 슈퍼마켓 비닐봉지 밑을 한 손으로 받쳐 들고 걸어온다. 안 받쳐 들면 찢어질지도 모른다.

'선생이라는 게 왜 맨날 지각이야? 저 빵꾸난 비닐봉지는 대체 뭐야? 거지야?'

쉬는 시간에 나는 카푸치노를 마시러 나갔다. 치에코는 또 에두아르에게 붙들려 이탈리아어 회화 고문을 당하고 있다.

다음 날, 또 비닐봉지에 책을 싸들고 지각한 에두아르는 이젠 지각해도 미안한 기색도 없이 성큼성큼 걸어 들어왔다. 쉬는 시간 패션 잡지 한 권을 나와 치에코에게 건넸다.

"이건 너희꺼, 이건 내꺼."

자기꺼인 〈라 레프브리카La Repubblica〉 신문을 펼쳐 읽었다. 우리가 잡지를 보며 웃고 떠들자 읽고 있던 신문을 동그랗게 말아서 치에코 머리를 때리며 웃었다.

"일본말 하지 말고, 이태리말로 얘기해!"

'이를 어째, 프랑스 지각생에게 말해야 하나, 치에코는 결혼할 사람이 있는데….'

그 후 며칠 동안 에두아르는 아예 학교에 오지도 않았다. 열흘 정도 지났을 때 에두아르는 쉬는 시간이 되어서야 나타났다. 늘 치에코 옆에 앉던 그는 내 옆에 와서 앉았다. 치에코와 나를 보며 말했다.

"너희 이번 주말에 뭐해? 나 며칠 후면 다시 프랑스로 돌아가. 가기 전에 로마 시내 성당들을 둘러보고 싶은데, 만약에 너희도 시간이 되면 같이 갈래? 너희 전화번호를 주면 내가 미리 연락할게."

작은 수첩과 연필을 내밀었다. 나는 에두아르의 수첩에 내 전화번호를 쓰고, 치에코에게 수첩과 연필을 넘겼다. 치에코는 딴청을 부리면서 횡설수설했다.

"아, 잠깐만. 조금 있다가… 아, 그러니까, 잠깐만…."

쉬는 시간이 끝났다. 에두아르는 안 보였다. 수업을 마치고 지하철역까지 걸어가면서 치에코는 뭐가 그리 좋은지 싱글벙글 신이 나 있다.

"뭐 좋은 일 있어?"

"으흐흐흐, 에두아르 말이야. 너한테 전화할 거야. 으흐흐흐."

"너 아까 왜 에두아르한테 전화번호 안 줬어? 에두아르가 널 좋아하는 거 같아서 그런 거야? 불쌍한 에두아르… 네 전화번호 따려고 일부러 학교 왔나 본데, 엉뚱한 전화번호 하나 받아들고 가면서, 울지나 않았을래나? 크크큭."

"주욘! 너 바보야? 에두아르가 너 좋아하는 거 눈치 못
챘어?"

황당하다. 그 늙다리 비닐봉지 지각생이 나를?

"내가 장담컨대, 이번 주말에 에두아르가 전화할 거야.
내 말이 확실해. 주욘! 바보야~! 네가 그렇게 눈치가 없으
니 아직까지 싱글인 거야! 으흐흐흐."

치에코는 나를 대놓고 놀리기 시작했다.

"전화 오면 꼭 거절하지 말고 나가야 해. 알았지? 에두아
르 엄청 좋은 사람 같아. 알았지? 꼭 나가야 해! 이 바보 언
니야~ 으흐흐흐."

치에코 말이 맞았다. 에두아르가 전화를 했다.

"아안녕, 나 내내일, 성당 두둘러 보려고 하는데에. 너너
도 가같이 가가알래? 시시간 되면 마마알이야."

말을 더듬었다. '뭐래는 거야? 왜 말은 더듬어?'

"잠깐만, 나 지금 샤워 중이었어. 있다가 내가 다시 전화
할게."

거짓말을 하고 전화를 끊었다. 동생한테 상황을 설명했다.

"야, 나가!"

"그게 좀…. 나 걔랑 친하지도 않고…, 이태리말도 잘 못하는데…, 돌아다니면서 무슨 말을 해? 어색해…. 더운데 나가는 것도 귀찮고. 나, 참! 이해할 수가 없네. 왜 나한테 전화를 한 거야?"

"이해할 필요 없어. 무조건 나가. 그냥 성당 같이 둘러보자는데. 네가 로마 지리는 더 잘 알 거 아니야. 안내 좀 해 줘. 지하철 타기가 싫은 거야? 내가 시내까지 차로 데려다줄게. 당장 전화해서 나간다고 해!"

옆에 있던 매제 파우스토Fausto도 거들었다. 둘 다 눈이 반짝이고 있다. 치에코에게 같이 나가자고 전화를 했다.

"나, 바빠! 그럼, 수고!"

치에코가 전화를 끊어버렸다. 어쩔 수 없이 혼자 나갔다.

성당 안내는 필요도 없었다. 나보다 로마 시내 지리를 더잘 알고, 성당에 대한 역사도 다 꿰고 있었다. 그 많은 성당의 역사와 건축양식까지 설명해 주었다. 아는 게 참 많았다. 그가 하는 말을 다 알아 듣지는 못했지만 존경스러웠다. 에두아르는 그날도 비닐봉지에 책을 싸들고 왔다. 빵꾸

난 비닐봉지는 만만한 느낌을 주었다. 말이 잘 안 통하는데
도 편하다.

"넌 왜 맨날 비닐봉지를 들고 다니니?"

"어? 왜 이상해? 프랑스에서 가방 가지고 오는 것을 잊
어버렸어. 하나 살까 했는데, 집에 가면 가방이 많고, 사
봤자 또 잃어버릴지도 모르고…. 내가 물건을 잘 잃어버
려…."

솔직하고 털털해 보였다. 까다롭지 않고 털털한 친구 옆
에 있는 것은 편안하다.

"그리고 왜 맨날 책을 싸들고 다니니?"

"읽으려고."

지적으로 보였다. 지적인 친구 옆에 있으면 나도 지적으
로 보일 수 있다. 엄마가 늘 유유상종이라고 했으니까.

"너 이 근처에 가방 가게 어디 있는지 알아? 나 가방 살
래."

근처에 알고 있는 가방 가게가 있어 안내했다. 에두아르
는 가방 가게가 보이자 마음이 급해졌는지 뛰었다. 그러다
스텝이 꼬여 넘어졌다. 신발까지 벗겨졌는데 양말 뒤꿈치
에 빵꾸가….

'이 친구 너무 웃긴 걸? 같이 있으니까 재밌다.'

재미있는 친구 옆에 있는 것은 유쾌하다.

그날로부터 10년이 지났다.

"핸드폰이 어디 있지?"

"침실."

"고마워, 그럼 나 갔다올게!"

수업에 늦을세라 현관문을 박차고 나갔다. '어차피 늦은 거 왜 뛸까?' 잠시 후, 현관벨이 울린다.

"띵똥"

'그럼 그렇지', 문을 열어주자 에두아르가 뛰어 들어온다. 지갑을 안 가지고 갔다는데 어디에 두었는지 모르겠다고 울상이다. 서재, 현관입구, 침실, 거실, 부엌, 화장실, 욕실 다 뒤진다.

"정말 안 가지고 간 거 맞아? 가방 안, 잘 살펴봤어?"

"어! 당연하지!"

"가방 이리 줘봐!"

'그럼 그렇지', 가방 안에서 지갑이 나온다.

에두아르와 결혼 후 매일 아침의 일상이다. 짜증이 난다.

퇴근 후, 집에 오자마자 여기저기 전화를 한다.

"거기, 지하철 분실물 관리 센터죠? 네, 네. 은색 매킨토시 노트북이요. 6시 20분쯤 포르트 마이요 역에서 타서 라데팡스 역에서 내렸어요."

'뭐야! 노트북을 잃어버린 거야?'

난 부자 되긴 글렀다. 저 인간이 다 잃어버려서. 화가 난다.

밤 11시 45분, 어김없이 알람이 울린다. 에두아르는 아침에 일어나는 시간이 아니라 잠자는 시간에 알람을 맞춰 놓는다. 잠잘 시간을 잊어버리고 책을 읽기 때문이다. 환장하겠다.

털털해서 편안한 것, 지적이라 존경스러운 것, 덜렁대서 유쾌한 것. 이 모든 것은 친구이기에 가능했던 것이었다. 그래서 친구가 좋은 거다. 오늘도 마음을 비우고 스스로 최면을 건다.

'저 인간은 내 남편이 아니다. 친구다…, 친구!'

우아한 욕을 배울 수 있었던 시간

언어학교 과정이 끝났다. 집에서만 1년을 보냈고 로마에서 놀며 1년을 보냈다. 2년의 공백은 프리랜서에게는 치명적이다. 한국에 돌아가봐야 별 볼일이 없다. 로마에 남기로했다. 어쩌면 새로운 미래가 나타날지도 모른다는 나태한희망을 품고 로마 대학에 입학했다.

그날 나는 학부 강당에서 전공 필수로 공부해야 할 〈오디세이아〉를 읽고 있었다. 한국어 번역본을 구해 이탈리아어판과 한 줄 한 줄 비교하며 읽었다. 공부를 위한 독서라 가뜩이나 집중이 되지 않아 슬슬 지겨워지고 있을 참에, 뒤에서 뭔가를 열심히 쓰고 있는 청년이 내가 읽고 있는 한국어판 〈오디세이아〉를 힐끔거려 더 집중하기 힘들었다.

나는 뒤를 돌아 그 청년이 뭘 그렇게 열심히 쓰고 있는지 봤다. '*イタリアの百都はローマです*(이탈리아의 수도는 로마입니다)'라는 문장을 반복해서 쓰고 있다. 일본어를 전공하는 학생이구나 생각하면서, 읽던 책을 다시 읽으려 했지만, 그가 '수도首都'를 '百都'로 쓰고 있는 것이 신경 쓰였다. 일본어 번역과 통역가로 먹고 살았고 일본어 교재까지 집필했던 나는 그것을 그냥 지나치지 못했다.

"Posso aiutarti?(내가 도와줘도 될까?)"

우리의 인연은 그렇게 시작되었다. 나는 '마티아Mattia'라는 그의 이름을 '마티타Matita(이탈리아어로 '연필')'로 잘못 알아듣고 '참 특이한 이름'을 가진 청년이라 생각했다. 그를 '마티타'로 불러 모두에게 웃음을 선사했다.

로마대학에서 맞은 첫 번째 봄, 학부 친구들 몇이서 벚꽃나무가 많은 로마 시내의 한 공원으로 소풍을 가기로 했다. 지참물은 각자 직접 만든 도시락이다. 벚꽃나무 밑에서는 역시 주먹밥이다. 나는 일본에서 즐겨먹던 참치 마요네즈 주먹밥을 넉넉히 준비했다. 주먹밥을 만들면서 도쿄의 벚나무 밑에서 먹던 추억이 떠올라 행복했는데 그 맛은 엉망이다. 이탈리아의 쌀, 식초, 마요네즈는 일본 것과는 다르다. 착한 친구들은 내 주먹밥을 신기해하며 한 개씩 먹어주었다. 어느 정도 배를 채운 우리는 남은 음식들을 그대로 펼쳐놓고 잔디밭에 누워 잡담을 했다. 그때 한 허름한 차림의 중년남자가 우리에게 다가와 남은 음식을 구걸했다. 나는 얼른 내 주먹밥을 일회용 도시락 채로 건넸다. 남자는 주먹밥을 손에 들고 우리와 조금 떨어진 곳에서 한 입 베어물었다. 그리고 씹지도 않고 뱉어버린다. 웃음이 났다.

"내 주먹밥은 배고픈 사람이 먹어도 맛없나보다. 하하."

"저 빌어먹는 놈! 여기저기서 얻어 처먹어 배가 불러 터지나! XX 새끼! 아, X나 열받네!"

온갖 욕을 해대던 마티아는 그 남자에게 가서 주먹밥을 뺏어버렸다. 그리고 마티아는 내가 버리려 했던 주먹밥을 집에 싸들고 갔다. 우리는 그렇게 조금 더 가까워졌다.

나는 마티아의 일본어 개인지도를 자진했다. 대신 마티아는 나의 이탈리아어 선생이 되었다. 나를 위해 고등학교 시절 문법 교과서를 가지고 다닐 정도였지만, 마티아 선생한테 내가 배운 것은 이탈리아어의 수많은 욕과 이탈리아인 특유의 요란스런 두 손 제스처가 대부분이다. 하루는 조르지오Giorgio에게 배운 욕을 마티아에게 했다.

"그 욕 어디서 배웠어? 대체 그게 무슨 소린지 알고나 하는 거야?!"

마티아가 화를 냈다.

"조르지오가 가르쳐줬어."

"이런 우라질 망할 놈의 새끼! 그 조르지오 십탱구리 새끼하고 친하게 지내지 마!"

"지도 맨날 욕만 가르쳐 주는 주제에."

"나는 너한테 아무 욕이나 가르치는 게 아니야. 난 무식한 욕, 더러운 욕, 천박한 욕은 안 가르쳐! 우아한 욕만 선별해서 가르쳐! 욕도 써먹을 때가 있으니까!"

우아한 욕? 그런 게 있는지는 모르지만, 욕도 써먹을 때가 있는 건 사실이다. 마티아에게 배운 우아한 욕을 에펠탑에서 만난 이탈리아 소매치기에게 신나게 퍼부어 주었으니까!

〈오디세이아〉는 아무래도 무리였다. 시험에 낙제했다.
어차피 열심히 공부할 생각도, 좋은 학점을 받을 생각도
없던 나는 신경도 안 쓰였다. 다음 해에 재시험을 보면 그
만이었다. 그때라고 낙제를 하지 않으란 보장은 없지만 말
이다.

"너, 시험 어떻게 됐어?"

"당연히 낙제했지. 내년에 다시 볼 거야."

"그러지 말고, 내가 쉬운 말로 정리해줄 테니까, 2주후에
있을 재시험 당장 접수해놔!"

나는 괜찮다고 했지만, 마티아는 다음 날로 요점정리 노
트를 내게 주었다. 밤을 새웠는지 눈이 빨갰다.

어느 날 아침, 강의실 앞에서 나를 기다리고 있던 마티아
가 누런 색 종이봉투를 내밀었다. 코르네토Cornetto(이탈리아
식 크루아상)였다.

"아침 안 먹었지? 넌, 먹어도 맨날 배고프다고 해서, 넉
넉히 사왔어."

"고마워."

"어디 아파? 기운이 없어 보여."

마티아가 제대로 봤다. 나는 그 무렵 기운이 없었다.

로마대학에서의 하루하루는 매일 똑같았다. 어린 친구들과 모여서 노는 것. 열심히 할 생각도 없는 공부를 하는 척하는 것. 마티아에게 일본어를 가르쳐주고, 이탈리아 욕을 배우는 것.

시간이 갈수록 생각이 복잡해졌다.

'나는 이곳에서 무엇을 하고 있는 건가?'

'언제까지 이런 생활을 계속할 것인가? 그래도 괜찮은 건가?'

아무 이유 없이 시간을 때우며 헛된 시간을 보내고 있는 듯했다. 서른 즈음 정신없이 벌어들인 돈을 이렇게 헛된 시간에 쏟아 부으려고 그렇게 앞만 보고 달렸나싶었다. 이유 없이 때우는 시간 속에서 새로운 미래는 보이지 않았다. 불안했다. 그런 마음을 마티아에게 털어놓았다.

"미래를 알 수 있는 사람은 한 명도 없잖아? 알 수 없는 미래 때문에 오늘이 힘들 필요는 없다고 생각해. 오늘이 즐거우면 내일도 즐거울 수 있고, 만약 내일이 즐겁지 않다

해도, 적어도 어제는 즐거웠다 생각할 수 있잖아! 미래는
아무도 몰라! 걱정하지 마!"

어린 친구의 따뜻한 위로.

"마티아, 고마워. 엄마뻘인 나를 친구로 대해줘서."

"엄마는 무슨? 이모 정도로 해두자!"

며칠 후, 마티아는 어떻게 알았는지 한국어 '누나'를 알
아와, 나를 가끔 '누나'라고 불렀다.

로마대학에서 세 번째 가을을 맞을 무렵, 나는 영은의 도
움으로『한 달쯤 로마』와『한 달쯤 파리』라는 여행 에세이
를 쓰게 되었다. 헛된 시간은 이 세상에 존재하지 않는 것
인지도 모른다. 헛된 것만 같았던 로마에서의 시간이 없었
다면,『한 달쯤 로마』를 쓸 수 없었을 테니까.

"내가 그랬지? 미래 일은 알 수 없다고. 와, 잘됐다! 누노
Nuno가 할 수 있는 일이 있으면 말해. 다 도와줄게!"

'누노Nuno'. 마티아가 만들어낸 단어이다. 명사에 성별이
있는 이탈리아어에서는 여성명사는 모음 'a'로 남성명사는
모음 'o'로 끝나는 게 보통이다. '누노Nuno'는 우리말 '누나
Nuna'의 남성형인 셈이다.

마티아는 진심으로 기뻐했다. 나보다 더 신났다. 누노 마티아의 도움으로 『한 달쯤 로마』를 무사히 쓴 후, 나는 길었던 로마 대학에서의 시간을 접었다.

2년 전 늦봄. 마티아에게서 전화가 왔다. 대구에 있는 한 이탈리아 명품 수입 업체로부터 일자리를 제안 받았다고 했다. 마티아는 로마 '라 사피엔자La Sapienza' 대학에서 석사 학위까지 받았지만, 대부분의 아이들이 그랬듯이 취업을 못한 상태였다. 이탈리아의 청년실업문제는 우리보다 더 심각한 수준이었고 지금도 사실상 크게 달라지지 않았다. 아무리 이탈리아에서 일자리를 구하기 힘들다 해도 로마에서 대구까지 일을 찾아간다는 것이 걱정스러웠다. 나는 말렸다.

"안 가면? 나는 이탈리아의 실업상황이 앞으로 좋아질 거라 생각지 않아. 너도 알잖아? 이탈리아에 공채란 없다는 걸."

"그렇다고 서울도 아닌 대구로? 그건 너무 큰 모험인 거 같아."

"난, 솔직히 대구라는 말을 듣고 더 가고 싶어졌어. 마치

운명 같은 인연이라 생각했어."

"왜?"

"네가 태어난 곳이잖아."

내가 더 작은 도시에서 태어나지 않은 것을 다행이라 생각했다. 마티아는 대구로 떠났다.

지난 가을 한국에 갔을 때, 대구로 마티아를 보러갔다. 어느새 대구 사투리까지 배운 마티아는 나보다 대구를 훨씬 잘 알고 있었다. 대구에서 가장 오래되었다는 납작만두 집에서 납작만두와 떡볶이를 나눠 먹었다.

"우리가 대구에 같이 있다니… 이상한 느낌이야."

마티아도 프랑스 우리집에 놀러 왔을 때 똑같은 말을 했었다. 마치 로마 대학의 강당에서 우리가 처음 만났을 때, 이미 누군가가 짜놓았던 계획대로 우리가 대구의 납작만두 원조 집에 앉아 있는 것 같은 느낌이었다. 친구란 저 높은 하늘에서 정해준 운명 같은 존재인지도 모르겠다.

내 생애 가장 어려운 결정을 내리다

『한 달쯤 파리』를 쓰기 위해 파리로 갔다. 3개월 동안 할 일이 태산이다. 생각이 복잡했다. 낯선 파리에서 잘 알지도 못하는 파리에 대한 글을 써야 하기 때문이 아니다. 그보다 더 중요한 개인사가 나를 복잡하게 만들었다.

에두아르는 프랑스로 돌아간 후에도 내게 계속 연락했다. 전혀 궁금하지 않은 그의 일상을 장문의 메일로 써서 보냈다. 사전을 찾아가며 읽어야 하는 외국인 친구의 메일은 번거로웠다. 답장을 보내지 않으면 내가 어디가 아픈지,

무슨 일이 있는지 걱정하는 통에 어쩔 수 없이 매번 답장을 해야 되는 처지가 되었다. 귀찮아하면서도 매번 답신을 쓰고 있는 내가 가끔은 이상했다. 그저 알고 지내는 친구, 그것도 외국인 친구와의 관계는 끊기 어려운 일도 아닌데 말이다.

우리가 만났던 언어학교에서 에두아르와 대화를 나눈 적은 거의 없다. 그는 매일 지각을 했고, 학교에 자주 오지도 않았다. 로마 시내의 성당을 함께 구경한 날 나눈 대화가 전부였는데 그와 연락이 끊기지 않다니. 신기할 따름이다.

"너 내일 한국으로 돌아가지?"

에두아르가 이번엔 아예 전화를 했다. 로마 대학에 입학하기 위해서는 한국에 잠시 돌아가야 했다. 장기체류증이 없는 외국인의 경우는 본국의 이탈리아 대사관에서 영사의 구두 면접을 통과해야 대학에 지원할 수 있는 자격이 주어지고, 입학원서도 본국의 이탈리아 대사관을 통해서만 접수가 가능했다.

"어떻게 그걸 기억하고 있었어?"

"화이팅! 꼭 면접에 통과해서 다시 로마로 와야 해!"

"왜? 내가 서울에 있으나 로마에 있으나 너한테 달라질

건 없잖아?"

"한국은 프랑스에서 너무 멀잖아…. 네가 로마에 있는
게…, 왠지 더 가깝게 느껴져."

'얘가 진짜 나한테 관심이 있나?'

부담스러웠지만 애매하게 기분이 좋았다. 그와는 로마의
성당을 둘러볼 때부터 애매했다. 그는 친구도 아니었고, 그
렇다고 친구가 아닌 것도 아니었다.

복잡한 입학 절차를 거쳐 대학에서 한 학기를 마쳤다. 에
두아르가 방학을 맞아 로마에 왔다. 만나기로 했다. 그를
마지막으로 보고 1년이 훨씬 넘은 후였다. 이른 시간부터
스페인 광장은 관광객으로 가득했다. '금발이었던가? 옅은
갈색이었던가? 눈동자는 파란색? 녹색?' 그의 얼굴이 기억
이 나지 않았다. 그가 나를 알아볼 수 있기를 바랐다.

멀리서 한 남자가 나를 쳐다보며 활짝 웃는 얼굴로 걸어
오고 있었다. 손에 비닐봉지를 들고 있다. '아! 에두아르다.'

"또 가방 가지고 오는 걸 잊어버린 거야?"

"하하하! 기억하고 있구나? 아니, 이번엔 프랑스에서는
가지고는 왔는데, 호텔에서 들고 나오는 걸 잊어버린 것 같

아. 가방이 호텔에 있기를 바래."

기가 찼다. 비닐봉지 안을 흘끗 봤다. 책이 잔뜩 들었다.

"여전하구나!"

내가 해놓고도 이상한 소리였다. 얼굴도 제대로 기억 못
하는 친구에게 여전하다니? 오래된 친구한테나 할 법한 소
리다.

며칠간의 관광을 마치고, 에두아르가 프랑스로 돌아갔다.

"다음엔, 네가 프랑스로 오는 거야!"라는 말을 남기고
갔다.

프랑스에 도착한 에두아르는 그날부터 시작해 하루도 빠
짐없이 메일을 보냈다. 곤란했다. 매번 답신을 보내는 일은
너무 귀찮은 일이다. 어법과 문법에 대한 강박 때문에 사전
을 찾아가며 가끔씩 답장을 보냈다. 어쭙잖은 멀티링구얼
이어서 고달픈 인생이다.

부활절 방학이 다가올 무렵 도착한 메일에는 비행기표와
공항버스표가 첨부되어 있었다.

'로마 ↔ 리옹', '리옹 생텍쥐페리공항 → 그르노블'

부담스러웠지만 거절할 수도 없다. 부활절 방학 내내 로

마에 있을 거라 이미 말을 해놓은 판에 시간이 없다는 핑계
도 댈 수 없다.

그르노블에서는 주로 스키를 탔다. 길에서는 잘만 넘어
지던 에두아르는 스키장에서는 한 번도 넘어지지 않았다.
이번엔 내가 자꾸 넘어져서 그를 웃겼다.

나는 1년에 두세 번씩 그르노블을 드나들었다. 그러는
사이 나는 그의 친구인 올리비에Olivier와 베로니크 부부와
도 친해졌다. 친구의 친구와 친구가 되는 것은 친한 친구끼
리만 가능한 일이다. 우리는 점점 친구다운 친구가 되어가
고 있었다. 이상했다. 터질 것 같은 책 봉다리를 들고 다니
던 프랑스 지각생과 친구가 된 것이.

"너 로마에서 하는 공부 때려치우고, 그냥 그르노블 와서
프랑스어 공부를 시작하는 건 어때?"

"싫다, 파리라면 모를까." 농담이었다.

"왜?"

"그르노블은 왠지 파리보다 한국에서 더 먼 거 같은 느낌
이라서." 지나가는 소리였다.

에두아르는 그해 신학기에 맞춰 파리 근교의 '뉴이 슈르

센Neuilly-sur-Seine'에 있는 한 고등학교로 전근했다. 그곳에 좋은 사립학교가 있어서 그랬다는데 혹시 나 때문에 내린 결정이면 어쩌나 신경이 쓰였다. 나는 프랑스에 가서 프랑스어를 공부할 마음이 전혀 없다.

내가 『한 달쯤 파리』를 쓰게 되었다는 소식을 전했을 때, 에두아르는 뛸 듯이 기뻐했다.

"파리에서 살면서 써야 제대로 쓰지! 내가 도와줄게! 뭐든 말만 해! 일단 잠자리는 걱정하지 마, 내 아파트에서 지내면 돼! 아니면 우리 엄마가 에펠탑 근처에 사는데, 혼자 살아. 방이 여러 개 되니까 네가 원하면 거기 있어도 되고!"

고마웠지만, 부담스러웠다. 출판사에서 『한 달쯤 로마』에 이어 『한 달쯤 파리』도 써달라고 제안했을 때 내가 두말없이 수락한 것은, 에두아르의 도움을 받을 수 있을 거라는 확신이 있었기 때문이다. 그런데 뭐가 부담스러운 걸까? 그를 좋은 친구라고 생각하고 있으면서…. 친구에게 도움을 받는 것에 그렇게까지 부담을 느껴본 적은 한번도 없었다.

'그는 나에게 무엇일까?' 파리행 비행기 안에서 혼란스러웠다.

에두아르는 공항까지 마중을 나왔다. 입국 게이트 앞에서 활짝 웃고 서 있는 에두아르를 보자, 마음이 놓였다. 낯선 곳에서 친구를 만나는 일은 며칠 동안 못 먹었던 밥을 먹는 느낌이다. 찬거리가 변변찮아도 이젠 뭔가를 먹었다 싶은 밥의 포만감. 그런 든든함이다.

다음 날부터 나는 파리를 미친 듯이 돌아다녔다. 책에 담을 소재를 찾아 하나라도 더 보고 더 느껴야 했다. 에두아르는 평일에는 퇴근 후에, 주말에는 하루 종일 나와 함께 파리를 둘러봤다. 읽은 게 많아 아는 것도 많은 그는, 파리 시내를 다니며 내가 묻는 말에 척척 대답을 해주었다. 그는 걸어다니는 사전이었다. '정말 쓸 만한 녀석인걸.' 하는 생각이 절로 들었다. 시내를 돌아다닐 때는 도움을 받는다는 부담도 없었다. 그도 파리를 즐기는 듯했다.

그런데 저녁 식사 시간이 되면 부담감이 엄습했다. 그가 하고 싶은 말이 있는데 못 하고 있는 듯한 느낌이 매번 들었다. 답답해서 '그냥 말해버리던지' 싶다가도, 그가 무슨 말을 못하고 있는 건지 대충 짐작이 되어 '제발 아무 말도 하지 마라' 싶기도 했다. 그런 내 자신이 너무 못된 건 아닌가 생각하기도 했다. 어리숙한 에두아르를 이용하고 있는 듯한 느낌이다.

'이렇게 못되게 살 생각은 없었는데….'

파리에 도착해 한 달이 되었을 무렵, 에두아르는 가족들을 한 명씩 소개해주기 시작했다. 어머니를 시작으로 사촌, 누나, 조카들까지. 심지어는 가족 파티에 나를 데리고 갔다. 파리지앵의 사는 모습을 보여주기 위한 거라고 평계를 댔지만, 가족들에게 나를 선보이기 위한 것이 뻔했다. 그의 가족과의 만남을 거절할 수 없어지면서부터 왠지 내가 그에게 끌려 다니는 느낌이 들었다.

'이렇게 얼렁뚱땅 끌려 다니다, 혹시 얼렁뚱땅 에두아르와 결혼하게 되는 것은 아닌가?'

애써 외면하려 했지만 에두아르가 나를 좋아한다는 사실은 오래 전부터 알고 있다. 내가 그 사실을 외면하려 했던 것은 남자로서 에두아르를 좋아하는지 확신이 없기 때문이다. 평생 혼자 살다 고독사할 용기도 없지만, 결혼할 용기도 없었다.

3개월이 지났다. 나는 다시 로마로 돌아왔다. 그리고 잠시 머리를 식히기 위해 이번엔 서울행 비행기를 탔다. 웃기는 일이다. 머리를 식히러 로마에 갔던 내가, 머리를 식히러 서울로 가다니. 그만큼 내가 한국에서 멀어져 있다는 증거다. 한국으로 완전히 돌아가기엔 너무 늦은 듯하다. 로마에서 대학을 다니고, 로마에 관한 여행 에세이를 쓴 후에도, 나는 한국에 가봐야 별 볼일 없다. 앞으로 어디서 어떻게 살아가야 할지 막막하다.

　엄마는 파리에서의 내 생활을 궁금해 했다. 에두아르 이야기를 하지 않을 수 없다. 파리는 내게 곧 에두아르였으니까. 엄마 얼굴에 화색이 돌았다. 나는 이미 불혹의 나이에 접어들었다. 마흔을 넘긴 시집 안 간 딸을 둔 엄마의 반응은 뻔하다. 나를 에두아르와 결혼하는 쪽으로 밀어붙였다. 머리를 식히러 간 서울에서 머리가 더 복잡해졌다. 내 생애 가장 어려운 결정을 할 때가 다가오고 있다는 느낌이 들었다.

　서울에서 다시 파리로 직행했다. 책을 쓰기에 3개월은 짧은 시간이었다. 파리를 더 자세히 들여다봐야 했다. 무엇보다 에두아르를 더 세심하게 살펴보기로 마음먹었다. 친구로서 에두아르가 아닌 남편감으로 에두아르는 어떤지 작심하고 볼 참이다. 파리행 비행기 안에서 나는 의미심장했다. '이번에야말로 도망가서는 안 된다.'

질문공세를 시작했다. 내가 에두아르에 대해 알고 있는 것은 심하게 딜렁대는 고등학교 선생이라는 게 전부였다. 어릴 적 이야기, 학창 시절 이야기부터 시작했다. 에두아르는 내가 질문이 많아지자 신이 나서 대답했다. 그의 대답을 들으면 들을수록, 그는 내 남편감이 아닌 것 같다. 거지같은 행색과 달리, 그는 엄청난 부르주아 집안의 막내아들이었다. 그가 아는 것이 많은 것은 알고 있지만, 제대로 알게 된 그의 학벌은 부담스러울 정도로 좋다. 나는 그리 잘난 건 없지만 평생 주눅들어 살 생각은 눈곱만큼도 없다. 늘그막에 겨우 주눅든 인생을 위해 미친 듯 밤새워 공부한 것도, 사무치게 외롭고 그리움에 시달린 사랑을 해온 것도 아니다. 아무래도 서둘러 파리 취재를 마치고, 로마로 돌아가 하던 공부를 마저 하는 게 나을 것 같다. 그런 내 생각을 에두아르에게 어떻게 말해야 할지 고민스러웠다.

그 무렵, 에두아르가 그르노블에 가자고 했다. 올리비에, 베로니크 부부가 우리를 초대했다는 것이다. 나는 베로니크를 무척 좋아한다. 그녀도 나를 좋아한다. 로마로 갈 땐 가더라도 베로니크 얼굴은 보고 싶었다. 그르노블에서 며칠을 보내는 동안 에두아르는 그의 또 다른 친구 한 명을 소개 시켜주었다. 질Gilles이라는 친구였다. 질은 그동안 에두아르가 내게 소개시켜준 친구들과 달랐다. 에두아르의 친구들은 모두 부유했고 좋은 직업을 가지고 있었다. 질은 엘리베이터 수리공이다.

질을 만난 날, 그는 기름때가 묻은 작업복을 입고 있었다. 한 손은 다쳤는지, 피가 굳어 시커멓다. 다른 한 손에는 돌처럼 딱딱해진 바게트 반 조각을 들고 있다. 질은 점심을 먹을 시간이 없었다며 우리가 만난 커피숍에서 그 딱딱한 바게트를 먹으려 했다. 에두아르는 질이 들고 있던 그 돌 같은 바게트를 얼른 뺏어서는 질의 머리를 마구 때렸다.

"아프지? 이놈아! 이걸 먹겠다고? 먹지 마! 나가자, 밥 먹으러!"

근처 피자집으로 자리를 옮겼다.

"너 손은 왜 그래? 다쳤어?"

"으으응, 벼벼별 거 아아아니야."

질은 심한 말더듬이였다. 우린 이른 저녁을 먹으며 한참 이야기를 나누었다. 헤어지기 전, 에두아르가 걱정스런 표정으로 질에게 당부했다.

"너 병원에 꼭 가 봐야 한다! 꼭! 손 그대로 놔두면 안 돼! 알았지? 병원 가! 꼭! 꼭이다!"

친구를 걱정하는 에두아르의 표정이 나는 좋았다. 따뜻했다. 직업이나 학벌을 가리지 않고 친구가 될 수 있는 사람, 진심으로 친구를 걱정할 줄 아는 사람이라면… 남편감으로 나쁘지 않을 것 같다. 내게도 평생 좋은 친구가 되어줄 것 같다.

그 해 가을, 우리는 결혼을 했다. 빵꾸난 비닐봉지를 부스럭거리며 나타났던 프랑스 지각생이 내 남편이 되다니 신기하다.

"알고 지내던 외국인 친구 무슈 에두아르! 앞으로도 잘 부탁합니다. 우리 좋은 친구로 지내요!"

"하하하! 네! 그래요!"

5

세상 모든 이는
아직 발견되지 않은 친구다

국경을 초월한 닮은꼴들

"어이구, 전화 또 안 받지?! 이 인간은 맨날 이래요. 지답답할 때만 연락하고, 지는 아무 때나 전화하면서! 지 바쁠 땐 전화도 안 받고, 가끔 받으면 성질내고! 이건 친구도 아니야!"

친구 안Anne 커플을 집에 초대하려고 했던 에두아르는 있는 대로 짜증을 냈다. 오래된 친구라 맘 놓고 욕할 수 있는 것은 프랑스나 한국이나 마찬가지다. 마구 욕하고 친구도 아니라고 생각 없이 소리칠 수 있는 것은, 아무리 그래봤자 친구였고, 친구이고, 친구일 거기 때문이다.

며칠 후, 메일을 확인하던 에두아르가 난처한 표정으로 내 눈치를 보며 말을 꺼냈다.

"안이 말이야…, 내일 우리집에 와서 자도 되냐고 하는데…"

영문을 몰라, 빤히 쳐다보는 나에게 에두아르는 설명했다.

안은 동거 중인 필립Philippe과 둘 사이에 난 아들 기욤 Guillaume과 함께 친구집 파티에 초대 받아갔다. 친구는 와인을 넉넉히 준비해 놓았고, 필립은 적잖게 마셨다. 필립이 술에 취하면 주사가 있는 것을 알고 있던 안은 필립에게 술을 그만 마시라고 했다. 필립은 그 말에 발끈해서 친구들과 어린 아들 앞에서 안을 때리기 시작했다. 친구들이 말려도 기욤이 아무리 큰소리로 울어도 소용없었다. 안은 기욤을 데리고 친구집을 도망쳐 나와, 그 길로 바로 시골에 있는 부모님 집에 가서 아들 기욤을 맡겼다. 그리고 파리로 돌아오는 길, 필립과 동거 중인 아파트에는 갈 수 없어 우리집에 와서 하룻밤만 잤으면 한다는 것이다.

딱한 사정이었다. 같은 여자로서 동거남한테 폭행을 당

했다는 말에 화가 났다. 마티아에게 배운 이탈리아 욕을 빠짐없이 퍼부었다. 하지만, 왜 하필 우리집인가? 동성친구도 아닌 이성친구, 결혼해서 3개월도 채 안된 신혼집에, 방도 하나밖에 없는 작은 아파트에 말이다. 상식적이지 않다. 기분이 나쁘다.

"안은 너 말고 친구 없어? 나라면 방 하나짜리 아파트에 살고 있는 신혼인 이성친구집에는 안 갈 거 같은데!"

"몰라…."

난처한 표정을 지었다. 에두아르의 표정을 보자, 마음이 불편했다. 만약 명건이 피치 못할 사정이 있어 우리집에 자러 와도 되냐고 부탁했다면 나는 어떻게 했을까? 거절할 수 없을 것이다. 남편이 싫다고 하면 섭섭할 것이다. 생각이 거기까지 미치자 조금 전에 남편에게 짜증을 섞어 했던 말이 후회되었다.

"안, 내일 저녁 먹지 말고 오라고 해. 내가 준비할게."

에두아르의 표정이 밝아졌다.

안을 처음 본 건 우리 결혼식 때다. 그녀는 매력적이다. 전형적인 프랑스 미인이다. 다음날 저녁 무렵 나타난 안은 조금만 건드려도 쓰러질 것 같았다. 핏기 없는 얼굴엔 홈이 파여 광대가 두드러져 있고, 머리카락은 심하게 엉클어져 있다. 안은 나를 보며 미안한 듯 희미하게 웃었다. 그 순간 안에게도, 에두아르에게도 미안했다.

저녁을 먹으며 안은 그동안 있었던 일을 이야기했다. 프랑스어를 못하던 나를 위해 이탈리아어로 이야기를 했다. 나를 위해 이탈리아어로 이야기해주는 건 고마운 일이지만, 친하지도 않은 내게, 굳이 디테일하게 그 상황을 자세하게 재연하지 않아도 될 듯싶었다.

그날 밤, 안은 거실 소파 침대 위에서 수면제를 먹고 잠이 들었다. 다음 날 아침, 마침 토요일이라 에두아르는 늦잠을 잤다. 나는 커피가 마시고 싶어 방문을 살며시 열고 부엌으로 갔다.

안이 벌써 일어나 녹차를 마시고 있다.

"잘 잤어?"

"아니, 아침에 일찍 눈이 떠졌어."

"마음이 편하지 않아서?"

"그렇지, 뭐."

피식 웃으며 말하는 안의 말투가 왠지 익숙하다.

"커피 마실래? 이탈리아에서 가지고 온 커피 지금 뺄 거야."

"에스프레소? 마실래."

누가 이렇게 말을 천천히 어리숙하게 내뱉듯이 했더라? 이 말투는 내가 아는 누구의 말투와 닮았는데… 누구지? 그녀의 말투가 정겹다.

친구 부인과 단둘이 있는 것이 어색했는지, 안은 무슨 말인가 해야 한다고 생각했던 거 같다.

"프랑스에서 지낼 만해?"

'아, 생각났다! 이 무덤덤한 말투의 주인공, 내 친구 영은.' 안은 영은과 똑같은 톤과 말투로 이야기하고 있다. 갑자기 품! 하고 웃음이 튀어나왔다. 안은 의아한 듯 나를 쳐다본다.

"아냐, 아무것도. 내가 원래 좀 이상해."

안이 덩달아 웃는다.

"실은 네 말투가 내 친구하고 똑같아서."

웃을 일도 아닌데, 왜 웃음이 나는지 이해가 되지 않았지만 계속 웃음이 났다. 안은 웃는 나를 보고 따라 웃는다. 웃음소리에 에두아르는 잠에서 깼는지 부엌 입구에 서서 '이

두 여자가 미쳤나?' 하는 눈빛으로 우리를 쳐다보고 있다. 우리가 계속 웃자, 에두아르도 따라 웃는다. 우린 그날 우리가 왜 웃는지도 모르고 계속 그렇게 웃었다.

안은 영은처럼 책과 영화, 현대 미술을 좋아했다. 색다른 음식에 대한 호기심이 많은 것, 화장을 하지 않은 것조차 똑같다. 심지어 출판 에디터라는 직업까지도. 나는 영은과 닮은꼴인 안에게 그냥 호감이 갔다. 안과 함께 있으면 내 오랜 친구 영은과 같이 있는 것 같아 편했다.

안과 피에르 보나르Pierre Bonnard 특별전을 보기 위해 오르세 미술관 앞에서 만나기로 했다. 안은 약속 시간에 늦게 도착했다. 멀리서 나를 보고 싱글거리는 안을 보고 나는 뜨악했다. 안은 애꾸눈 해적 선장 꼬락서니를 하고 있다.

"뭐야? 오늘이 할로윈이야? 뭐하는 짓이야?"

"어… 한쪽 콘택트렌즈를 오다가 잃어버렸어. 짝눈이 되니까, 어지럽고 머리가 아파서. 스카프로 한쪽 눈을 가리니까, 머리는 안 아프네. 내 꼴이 웃겨?"

느릿느릿 무덤덤하게 말했다. 나라면 애꾸눈 해적 꼴을

하고 다니느니 나머지 한쪽 렌즈를 빼버렸을 거다. 마치 영은의 말투로 말하는 에두아르를 보고 있는 것 같은 착각이 들었다. 에두아르는 어느 날 출근하고 보니 러닝 소매가 반팔 남방보다 길어 밖으로 삐져나와 있는 걸 알고 하루 종일 팔짱을 끼고 다녔다. 나라면 러닝셔츠를 벗었을 거다. 안은 매번 약속에 늦는 것도 에두아르와 같았고, 웬만해선 잃어버리기 힘든 것을 잃어버리는 것조차 똑같다. 믿기 힘들겠지만, 에두아르는 신고 있던 신발의 밑창을 잃어버린 적도 있다. 남편과 닮은꼴인 남편의 친구는 친밀감이 느껴졌다.

미술관 안으로 들어갔다. 사람들이 너무 많다. 내가 꼭 보고 싶었던 작품 '욕조 안의 누드Nu dans le bain' 앞에서 한 남자가 꼼짝도 않고 서 있다. 그도 나처럼 그 작품이 보고 싶었나보다. 이해할 수 있다. 사람들에게 치이며 인내심을 가지고 그 남자가 떠나길 기다렸다. 나 같은 사람이 몇 명 있었지만, 다들 포기하고 지나쳤다. 해도 너무했다. 남자는 마치 그 그림을 볼 수 있는 독점권이라도 따놓은 듯 그 앞에 딱 붙어 그림을 가리고 있다. 그토록 실물로 보고 싶었던 그림을, 남자의 등에 가려진 나머지 부분만 보는 건 참을 수 없다.

"저기요, 다 보셨어요? 저 여기서 아까부터 기다리고 있거든요. 당신이 가리고 있는 부분도 보고 싶어서요."

남자는 미안하다고는 했지만 언짢은 듯 말했다.

"저 여기 돈 내고 들어왔어요. 제가 보고 싶은 작품을 마음껏 볼 수 있는 권리가 있다고 생각하는데요."

"아, 그러세요? 저도 여기 돈 내고 들어왔고, 여기 있는 다른 사람들도 다 돈 내고 들어왔어요. 저도 당신처럼 이 그림을 아주 좋아하거든요! 좀 멀리 떨어져서 보시든가!"

안이 다가와 "야, 너 이리 와." 하면서 나를 잡아 남자에게서 떼어놓는다.

"너 왜 그래? 에두아르처럼, 창피하게."

웃으면서 느릿느릿 말했다.

에두아르는 미술관이나 전시회에서 매번 사람들과 말다툼을 한다. '저기요, 그거 만지지 마세요. 그거 당신꺼 아니예요! 몇 세기를 거쳐 온 물건인 줄 아세요?'로 시작하는 레퍼토리.

"에두아르, 옛날부터 그랬어?"

"응, 아주 옛날부터. 매번 전시회 때마다 사람들한테 잔

소리하다가 결국 싸웠어. 지금 네가 한 것처럼 똑같이."

안은 에두아르를 닮아가는 내가 친근하게 느껴졌는지, 들고 있던 잡지를 돌돌 말아 내 머리를 통하고 때렸다. 언젠가 에두아르가 치에코의 머리를 신문을 말아 때렸듯이.

올 초, 영은이 우리집에 다녀갔다. 에두아르는 영은과 영어로 대화를 했다. 영은은 영어로 이야기할 때도 한국어로 말할 때처럼 느릿느릿 어리숙하게 내뱉듯이 말을 했다. 에두아르는 영은이 말을 할 때면 자꾸 실실 웃었다. 영은과 에두아르는 좋은 친구가 될 수 있을 듯하다.

친구와 닮아서 친구가 되고, 친구가 되어서 서로 닮아가고…. 친구란 나와 닮은 또 하나의 '나'이다. 그래서 만만하고 그래서 가끔은 지긋지긋하지만 포기하기 힘든 것, 나와 닮은 내 친구이다.

낯선 곳에서 꿈을 이루다

"내가 너를 닮아가는 게 나을 텐데, 네가 나를 닮아가서 어떡하냐? 바지 꼴이 그게 뭐야? 하하하!"

언젠가부터 내 옷 여기저기에 물감이 묻어 있다.

"울랄라~ ! 이를 어째?!"

매번 속상한 척 호들갑을 떨지만, 옷에 묻은 물감 자국을 볼 때마다 나는 너무 행복하다.

중학교 2학년 미술 시간, 감기에 걸려 열도 나고 머리도 아팠던 날이었다. 그림을 대충 그리고 쉬고 있는 내게, 미술 선생이 다가와서 말했다.

"너 이 그림 왼손으로 그렸니?"

"네."

질문의 의도를 몰라 멍한 표정으로 대답했다.

"왜 그랬어?"

"네? 저 왼손잡이인데요…."

"그래? 그럼 왜 이렇게 못 그렸어? 너답지 않게!"

언제나 내 그림에 후한 점수를 주던 미술 선생에게 들은 그 한마디는 나를 꿈꾸게 했다. '글 쓰는 화가'. 글 쓰는 것도 그림 그리는 것도 좋아했던 나의 꿈이었다. 하지만 고등학교 때 친구 지윤이 그린 그림을 보고 뒤통수를 한 대 맞은 느낌이었다. 너무 잘 그렸다.

"너 미대 가려고 학원 다니니?" 내가 물었다.

"아니."

그 순간 화가가 되려면, 지윤처럼 뛰어난 소질을 타고나야 한다고 생각했다. 그 후로 서른 중반까지 나는 그림을 그려본 적이 거의 없다. 입시 준비로 바빴고, 장학금에 목숨 걸었던 일본에서는 그림을 그리는 데 뺏길 시간이 없었다. 한국에 돌아와서는 일 때문에 바빠 그림 그리고 싶다는 생각조차 들지 않았다. 서른 중반, 집에 틀어박혀 우울했던 시간, 나는 심심풀이로 그림을 몇 장 그렸다. 엄마는 운영하던 카페 〈콤마〉에 내 그림을 걸어놓았다.

로마에서는 매제 파우스토의 생일 선물로 가끔 그림을 그렸다. 그는 내 그림을 무척 좋아한다. 액자로 만들어 본인 화장실에 걸어놓았다. 그의 화장실이 내 그림으로 도배되었을 때, 파우스토는 '자꾸 화장실에 가고 싶어진다.'며 웃었다. 에두아르가 로마에 여행을 왔을 때 동생 부부는 그를 저녁식사에 초대했다. 파우스토는 에두아르를 화장실로 끌고 가 내 그림들을 보여주며 자랑을 늘어놓았다. 주책바가지가 따로 없다.

『한 달쯤 파리』를 쓰기 위해 파리에 머무는 동안, 에두아르는 나를 구청 문화센터의 데생 코스에 등록시키려 했다.

"책 쓰는 것만으로도 정신없어. 겨우 몇 주 배운다고 실력이 나아질 리도 없고. 고맙지만 안 다닐래."

"넌 화가가 되고 싶다는 생각은 안 해봤니?"

"어릴 적에 했었는데 포기했어. 고등학교 때 친구 그림을 보고, 화가는 타고나야 될 수 있는 거라 생각했어."

"그건 네 생각이고! 따라 와!"

에두아르는 막무가내로 내 팔을 잡아당기며 말했다.

구청 문화센터의 데생교실 문을 열었을 때, 발가벗은 여자가 무대 위에 서 있었다. 홀딱 벗은 그녀보다 우리가 더 당황했다. 수업시간에 갑자기 쳐들어와 눈을 동그랗게 하고 서 있는 우리에게 강사가 다가왔다. 에두아르는 내 상황을 설명했고, 강사는 다음 주 간단한 데생 테스트를 통과하면 제자로 받아주겠다고 했다. 데생교실에 마지못해 끌려갈 때만 해도, 시험까지 봐야 들을 수 있는 수업이라면 당장 안 다닌다고 했을 텐데, 누드모델을 보는 순간 내 마음은 완전히 바뀌었다. 가슴이 뛰었다.

다행히 나는 시험에 합격했고, 몇 주간 수업을 들었다. 누드화 크로키를 했던 날의 기억이 선명하다. 실오라기 하나 안 걸친 여자의 당당한 포즈에 어색함을 느낀 건 5분도 되지 않았다. 잠시 후부터 그녀는 내게 '선'으로밖에는 보이지 않았다. 한동안 세상 모든 것이 '선'으로만 보였다. 그 느낌이 그렇게 좋을 수 없었다. 어쩌면 나도 화가가 될 수 있을지도 모른다는 착각에 빠졌다.

선은 무수한 '점'들의 연속이다. 선이 여러 각도로 맞물리면 '면'이 된다. 그림은 생각보다 어렵지 않은 것인지도 모른다. 선과 면의 기본이 되는 점을 잘 구성하면 되는 것이다. 점을 찍는 일은 우리 누구나 할 수 있다. 애매한 외국인 친구였던 에두아르에게 고마웠다. 그가 나를 데생학원으로 억지로 끌고 가지 않았다면 하지 못했을 생각들이다.

결혼 후, 본격적으로 프랑스에 살기 시작하면서 언어학교에 다니고 결혼 생활에 적응하느라 그림을 그릴 여력이 없었다. 방 하나짜리 작은 아파트에서 살림을 시작한 우리는 결혼 1년 후, 평수를 넓혀 이사했다. 새로 이사한 동네의 이름은 루브시엔Louveciennes이다. 르누아르, 피사로, 시슬레, 모네가 살았고 인상파 화가들이 즐겨 그린 풍경, 파리 근교의 조용하고 예쁜 마을이다.

"눈을 감고 상상해 봐. 이 길에 예전에 모네와 르누아르가 이젤을 들고 지나갔을 거라고! 네가 지금 서 있는 이 길에 말이야!"

에두아르가 말했다. 르누아르가 살았던 집과 모네가 살았던 집의 중간쯤에서 잠시 걸음을 멈추고 눈을 감았다. 내 옆으로 모네와 르누아르가 티격대며 지나간다.

이사한 후 얼마동안은 예쁘고 한적한 루브시엔에 사는

것만으로도 좋았다. 아침에 새소리를 들으며 일어나는 것
도 좋았고 가끔 길에서 야생 고슴도치를 만나는 것도 좋았
다. 아침 새소리가 시끄럽게 느껴질 즈음, 나는 다시 무료
해졌다. 내가 또다시 무기력해지자 에두아르는 동네 아틀
리에 데생교실에 자기 맘대로 나를 등록시켰다. 만사가 귀
찮았던 나는 시큰둥하게 아틀리에로 향했다.

수업을 들으러 간 첫날, 아틀리에 문이 굳게 닫혀 있었
다. 첫날이라 늦으면 안 된다고 생각한 나머지 너무 일찍
도착하고 말았다. 유리창으로 아틀리에 안을 들여다봤다.
손때 묻은 이젤과 물감으로 얼룩진 하얀 가운들이 보인다.
가슴이 다시 콩닥거렸다.

"새로 온 아티스트인가?"

뒤를 돌아보니 나이 지긋한 멋스런 아주머니가 그림도구
를 잔뜩 들고 서 있다.

"아티스트는 아니구요… 저 오늘부터 이 아틀리에에서
데생 수업 들을 거예요. 선생님이세요?"

"아니, 나도 이 아틀리에에서 수업을 들으며 그림을 그리
는 아티스트야."

'수업을 듣는 아티스트'라는 말이 이상하게 느껴졌다. 아티스트라면 수업을 들을 이유가 없지 않은가?

"내 이름은 프랑수아즈Françoise란다. 네 이름은 뭐니? 아! 저기 이사벨Isabelle이 오네. 우리 아틀리에 선생님이야."

잠시 후, 중년 여자들이 하나둘씩 나타났다. 모두들 그림 도구들을 한 보따리씩 들고 있다.

"오늘은 바람을 그려보자."

이사벨의 황당한 주문에 나는 머리가 띵했다. 추상화를 그리라는 소리인가? 기본도 없는 내게 추상화를 그리라고? 나는 '에라! 모르겠다.' 하는 심정으로 드로잉북 가득 목탄을 펴 바른 후, 지우개로 그림을 그려 바람을 표현했다. 모두가 입을 모아 창의적이라고 극찬했다. 그림 같지도 않은 그림으로 칭찬을 받으니 기분이 좋지도 않았다.

이사벨이 제시하는 그림의 주제는 매번 당황스러웠다. 오늘은 공기를 그리자, 빛을 그리자, 어둠을 그리자, 생활 속 리듬을 그리자 등등…. 특별한 이론 수업은 없다. 이사벨이 정한 주제를 각자가 생각하고 그림으로 표현하는 것이 전부다. '이게 뭐하는 짓인가?' 싶었다. 그림 그리는 법을 배우는 것이 아니라 그림 놀이 치료를 받고 있는 느낌이다. 우울했던 나는 치료를 받는 것도 나쁠 건 없다 생각하며 아틀리에를 오갔다. 수업이 끝나기 10분 전에는 2시간 30분 동안 그린 각자의 그림을 바닥에 펼쳐놓고 서로 감상평을 했다. 모두가 서로를 극찬했다. 나는 프랑수아즈 아주머니의 그림을 빼고는 마음에 드는 그림이 하나도 없었다. 서로 극찬을 하는 모습이 서로 위로하는 모습으로 보여 안쓰럽기까지 했다.

아틀리에에서 한 학기를 마쳐도 나의 그림 실력은 전혀 좋아지지 않았다. 어차피 화가가 되기엔 늦었으니 그림 실력이 좋아지기를 기대할 필요도 없다.

그해 가을, 발등에 불이 떨어졌다. 전시회를 한다고 한다. 건성으로 아틀리에를 드나들면서 나는 한 학기 동안 정성들여 그린 그림이 한 장도 없었다. 나는 이사벨에게 전시회에 참여하지 않겠다고 했다.

"왜?"

"내 그림이 전시를 할 만한 게 못 되잖아."

"그게 무슨 소리야? 그건 네 생각이지! 그림은 창작 행위야. 세상 어느 누구도 너와 같은 선을 그을 수는 없어!

그래서 우린 모두 아티스트인 거야. 네가 자신의 그림을 좋아하지 않는다는 걸 알아. 넌 항상 너의 그림을 지저분하다고 말하잖아. 난 너의 섬세한 선이 좋아. 섬세한 선을 사용하는 사람은 사물을 그만큼 섬세하게 보고 있다는 거야. 그게 아티스트에게 얼마나 중요한 건지 아니? 네 눈에는 너의 그림이 우습게 보일지 몰라도, 그 그림은 세상에 단 하나밖에 없는 예술품이야. 너는 아직 그것의 가치를 모를 뿐이야."

이사벨은 화가 난 듯 말했다. 전시회에 참가하지 않겠다고 우길 분위기가 아니었다. 어쩔 수 없이 전시회에 참가했다. 전시회 첫날, 사람들이 엄청나게 몰려왔다. 나는 내 그림들이 민망했다.

"〈생활 속의 리듬〉이란 제목의 그림, 너무 좋네요. 바탕의 얼룩이 특이한데, 어떻게 작업한 거예요?"

한 중년 부부가 내게 다가와서 말을 걸었다. 뜻밖이었다.

"먼저 커피를 스프레이하고 그 위에 부분적으로 소금을 뿌려서 얼룩을 표현했어요."

"아, 그랬군요! 느낌이 너무 좋은 그림이라 그림을 그린 아티스트와 이야기를 나눠보고 싶었어요. 앞으로도 좋은 작품 기대할게요. 화이팅!"

중년 부부가 내 옆에서 멀어지자, 이번엔 나이 지긋한 남자 한 명이 내게 다가왔다.

"한국에서 왔다는 아티스트 맞죠?"

말을 걸어 온 남자는 프랑수아즈 아주머니의 남편이었다.

"아내한테 얘기 많이 들었어요. 아내가 칭찬을 많이 하더라구요. 그림 잘 그린다고."

"그림을 잘 그리는 분은 마담 프랑수아즈죠. 전 마담 프랑수아즈의 그림을 무척 좋아해요."

"예전에 프랑수아즈가 그림을 그리겠다고 했을 때, 난 막 웃었어요. 그녀는 선을 그을 줄도 몰랐거든요. 원래 제 아내는 인테리어 잡지에 실리는 사진들의 소품을 배치하고 연출하는 일을 했어요. 늘 그림을 그리고 싶어했지만, 시간이 없었죠. 은퇴 후 그녀가 그림을 그리겠다고 선언했을 때, 나는 황당했었죠. 저렇게 그림을 못 그리는 사람이 왜 그림이 그리고 싶은 걸까? 직선 하나도 제대로 못 긋는 그녀가 그림을 시작했다가는 좌절만 할 거 같아, 내가 말렸죠. 그래도 프랑수아즈는 포기하지 않고 몇 년을 그림 그리는 일에만 몰두했어요. 지금은 작품을 전시하고 판매하는 전문 화가가 되었죠."

나는 깜짝 놀랐다. 마담 프랑수아즈가 직선 하나도 제대로 못 긋던 사람이라니. 화가는 타고나야 되는 것이 아니라 그림을 그리고 싶다는 열망이 그 사람을 화가로 만드는 것이었다.

3주간의 전시회가 무사히 끝났다. 갤러리 측에서 나의 〈생활 속 리듬〉을 사겠다는 사람이 있다고 했다. 나는 전시회 오픈식에서 만난 중년 부부일 거라 생각했다. 그림을 받으러 온 사람은 40대 여자였다. 그녀는 내 그림을 받아들며 행복해했다. 나는 그녀보다 더 행복했다.

그해 겨울, 아틀리에 크리스마스 파티에서 다음 학기부터는 목요일 채색반 수업에도 참여하겠다고 모두 앞에서 선언했다. 전시회를 마친 후, 마담 프랑수아즈의 사연을 들은 이후, 내 그림을 보고 행복해 하는 사람들을 본 이후, 그림을 그리는 나의 태도는 많이 달라졌다. 나는 진지해졌다. 그림을 보는 눈도 달라졌다. 그림은 테크닉이 아니다. 창작이다. 그림은 마음으로 보는 것이다. 그 그림을 그린 사람의 열정을 보는 것이다.

　크리스마스 휴가가 끝난 후, 나는 채색반은커녕 데생반
에도 갈 수 없는 처지가 되었다. 오른쪽 발목이 부러졌다.
수술 후 45일 동안 뛰어도 많이 걸어도 안 된다. 목발을 짚
고 미술도구까지 들고 아틀리에까지 걸어가는 건 무리다.
이사벨에게 전화해서 사정을 말했다.

　아틀리에 새 학기 수업이 시작되는 날 아침, 같이 그림을
그리는 나탈리Nathalie에게서 전화가 왔다. 내가 원한다면 나
를 데리러 오겠다고 했다. 나는 거절하지 않았다. 그 다음
주에는 프랑수아즈 아주머니가 나를 데리러 집 앞으로 왔
다. 나는 두 달 동안 그들의 도움을 받아 매주 수요일과 목
요일 빠지지 않고 아틀리에 수업에 참여할 수 있었다. 수업
이 있는 날이 아니면 서로 연락도 하지 않고 지냈던 그들의
도움을 받으며, 나는 프랑스에서 처음으로 내가 소속된 어
딘가에 동료들이 생겼다는 생각에 마음이 푸근했다. 나는
그들을 어느새 친구로 받아들이고 있었다. 나는 이제 내 친
구가 된 그들의 작품을 그저 예의상 좋다고만 평가하지 않
는다. 작품을 같이 의논하고 감상하고 칭찬하고 비판한다.

우리는 인상파 화가들이 살았던 루브시엔의 아티스트 그룹
이자 친구이다. 모네와 르누아르가 같은 아틀리에에서 만
난 친구였듯이.

　목요일 오후, 아틀리에 식구들은 대부분 집에 가지 않고
도시락으로 점심을 먹은 후 그림을 더 그린다. 나는 남아서
그림을 그리지 않는다. 혼자 먹는 점심이라도 한국식으로
따뜻한 밥을 먹고 싶어서다.
　"주주(내 이름 주영을 모두 '주얀'이라고밖에는 발음하지 못해 그
냥 '주주'로 부르기로 합의 봤다.), 너도 도시락 좀 싸와! 같이 먹
고 남아서 그림 그리면 좋잖아!"
　이사벨이 말했다. 내가 대답을 하기도 전에, 옆에 있는
비르지니Virginie가 말했다.
　"저 인간, '밥' 먹어야 되서 그래! 야! 어서 가서 밥 먹어!
빵 말고 밥!"
　"밥 먹고 다시 오던가!" 옆에 있던 샤를로트Charlotte가 식
전 담배를 피며 말했다.
　"알았어! 밥 먹고 다시 올게."
　뒤돌아서는데, 나한테 맨날 그림 못 그린다고 구박 먹는

마리 오딜Marie Odile이 소리친다.

"야, 주주, 기다려. 내가 직접 만든 사과주스 가지고 왔
어. 마시고 가."

"우씨! 나 과일 싫어해! 안 마셔!"

"참! 너 과일 안 먹는 이상한 사람이었지? 알았어. 어서
가서 밥 먹고 와!"

서로 악다구니를 쓰며 말하는 우리의 모습이 정겹다. 낯
설기만 했던 프랑스에 내가 이렇게 막 대하고 악을 쓸 수
있는 친구들이 생기다니.

올 가을 또다시 2년 전과 같은 장소에서 전시회를 한다.
어제 아틀리에에 갔을 때, 이사벨은 이번 전시회 포스터와
초대권 샘플을 가지고 왔다. 우린 다 같이 모여, 수정할 부
분을 의논했다. 샤를로트가 의견을 냈다.

"초대권에 아티스트 이름을 다 넣는 게 좋을 것 같은
데?"

"그래, 좋은 생각이야. 그럼, 포맷을 조금 조절해야겠네.
가만 보자⋯."

아티스트 명단에 내 이름이 들어간다니⋯. 나의 꿈이 이

루어지다니. 2년 전 나는 아틀리에에서 2년마다 하는 전시회에 마지못해 참가했다. 올 가을 나는, 루브시엔의 알리자린 아틀리에에Atelier Alizarine 소속 아티스트로서 전시회에 참가한다. 내 친구 아티스트들과 함께.

어디든 통하는 친구 만들기 기술

새로 이사한 루브시엔의 아파트는 복층 구조로 설계되어 있었다. 우리는 아파트에 입주하기 전 위층과 아래층을 연결하는 계단을 없애고 아래층을 원룸 스튜디오로 개조했다. 주변에 한국인 친구가 하나도 없던 나는 스튜디오에 한국인 세입자를 들여 친구로 만들 속셈이었다.

인터넷 재불 한인 사이트를 통해 찾아낸 한국인 세입자들은 대부분 여행객이거나 유학생이었다. 1년 동안 세입자가 세 번 바뀌었지만, 그들과 친구가 되지는 못했다. 그들은 관광이나 공부에 바빠 나하고 놀아줄 시간이 없었다. 그들에게 나는 한국말이 잘 통하는 집주인 아줌마에 불과했다. 세입자를 들여 친구로 만들겠다는 생각은 야무진 착각이었다.

네 번째 세입자를 맞이했다. 부부다. 프랑스에 9개월간 머물 예정이다. 서울 근교 모 대학 미술학부의 교수인 그는 그해 6월과 9월에 파리에서 두 차례 개인전을 앞두고 있다. 그의 부인은 서울 근교의 한 신도시에서 피부 관리실을 경영하는 원장이라고 했다. 9개월이면 친구가 될 수 있는 충분한 시간이지만, 원래 외국에 온 커플은 자기들끼리만 논다. 내가 끼어들어갈 틈은 이번에도 없어 보인다.

늦은 저녁이었다. 아파트 앞에 도착했다는 전화를 받고 나갔을 때, 부부는 아파트를 배경으로 핸드폰 셀카를 찍고 있었다. 금슬이 좋아 보인다. 50대 중반을 넘긴 그들은 편안한 등산복 차림이었다. 에두아르는 그들의 등산복과 등산화를 가리키며 'Very good. I like mountains.(아주 좋군요. 나도 산을 좋아해요.)' 하며 엄지손가락을 치켜세웠다. 서글서글한 교수의 인상이 참 좋다. 부인은 예상했던 대로 피부가 아주 희고 고운 미인이다. 미모 때문이었을까, 서울깍쟁이에 새침데기 같아 보인다.

'금술 좋은 깍쟁이 커플이라니….'

스튜디오로 그들을 안내하고 나오면서 에두아르는 그들이 사흘을 못 버티고 나갈 거라고 했다.

"저 사람들이 입고 있는 등산복 봤어? 너 그 브랜드 옷이 얼마나 비싼지 알아? 등산화도 엄청 비싼 거야. 돈 많은 사람들이 이렇게 좁은 스튜디오에서 며칠이나 버티겠어?"

뭐 눈에는 뭐 밖에 안 보인다고, 산을 좋아하는 에두아르 눈에는 등산복과 등산화밖에는 안 보였던 모양이다.

에두아르가 예상했던 사흘이 지났다. 나흘째 되는 날, '띵똥' 벨소리에 문을 열었는데, 두 분이 무슨 할 말이 있는지 머뭇거리고 서 있다. '드디어 올 것이 왔구나….'

"저…, 혹시 아파트에서 노래를 하면 이웃들이 신고하고 그러나요?"

"네? 왜요? 노래하시게요?"

"타향살이하는 주영 씨를 위해서 내가 위문 공연을 해주면 어떨까 해서요. 프랑스에서 20년 넘게 살고 있는 제 고등학교 동창이 있는데, 그 친구랑 듀엣으로 공연할까 하는데…."

교수와 그의 친구 이 박사의 듀엣 공연은 일요일 오후 2시, 우리집 거실로 정해졌다.

일요일 오후 2시 10분, 가수 2명이 통기타와 하모니카, 악보를 들고 나타났다. 부인은 콘서트를 보며 먹을 수 있는 간식거리까지 들고 있다.

"이렇게 적은 관객들 앞에서 노래해본 것은 처음이나, 오늘 공연만큼 긴장된 적도 없는 것 같습니다. 그럼, 다음 곡은 우리 에두아르님을 위해 준비했습니다. 산을 좋아하는 에두아르님을 위해, 이정선의 '산사람' 들려드리겠습니다."

많이 해본 솜씨다. 총 세 명의 관객 중 한 명이었던 부인은 남편의 긴장된 공연을 응원이라도 하듯, 우리에게 박수를 유도하며 추임새를 넣었다. 그녀 역시 많이 해본 솜씨다. 쿵짝이 제대로 맞았다. 왠지 이번 세입자와는 친구가 될 수 있을 듯한 느낌이 들었다. 먼저 말을 걸고 손을 내미는 것, 친구가 되는 첫 번째 기술이다.

다음 주, 부부는 집에서 멀지 않은 숲으로 산책을 갈 건데 같이 가지 않겠냐고 했다.

"주영 씨, 우리랑 걸으면서 오랜만에 한국말 실컷 하세요."

한국말을 실컷 하라고 했던 그들은 내게 한국말을 실컷 들려주었다. 내 엄마 같은 친구, 일본 엄마처럼 살아온 이 야기를 스스럼없이 했다.

그 나이에 한국에서 미대를 다녔다면 부잣집에서 태어났을 거라 짐작했었다. 그는 장학금을 받지 못했다면 미대를 다닐 수 없었을 거라며 잘난 척하는 표정을 지었다. 그런 표정을 숨기지 못하는 그가 순수해보여 귀여웠다. 그녀는 어릴 적, 부모님을 여의고 언니들과 오빠 손에 키워졌다. 산골 마을에서 태어난 그녀는 어릴 적 학교까지 왕복 2시간을 걸어 다녔다. 비가 많이 왔던 어느 해에는 학교 가는 길 계곡에 빠진 적도 있다.

"그때 울 오빠가 날 구하지 못했다면 난 세상 구경 다했던 거지."

세련되고 도시적인 외모로는 상상할 수 없던 이야기다. 결혼 후 첫아이를 낳고 얼마 되지 않아, 그가 포도막염이라는 난치병에 걸렸다.

"내 눈앞이 깜깜해지는 거 같더라고! 아니, 그림 그리는 사람이 앞을 못 보면 어떻게? 그런데, 이 양반이 한다는 소리가, 내가 노래를 잘하니 지하철역에서 선글라스를 쓰고 노래해서 벌어 먹일 테니 걱정 말라나? 그런 속 터지는 소리나 하고 말이야!"

역시 친구를 만드는 두 번째 기술은 살아온 이야기를 하는 것이다. 잘난 척을 해도 귀엽게, 소탈하고 꾸밈없이.

두 사람은 시차에 적응되자마자 루브시엔과 그 주변 마을을 완전히 접수했다. 하루 종일 걷고 걸어, 우리도 모르던 공원과 유적을 발견했다. 나물을 좋아하는 그녀는 걸어 다니다 길에서 발견한 나물거리들을 직접 채취해 왔다. 어느 날은 두릅을 따왔다. 두릅으로 보이기는 하지만 확실하지 않다며 남편 먼저 먹여보고 탈이 없으면 자기도 먹을 생각이라 했다.

"아직 아이들 시집장가도 못 보냈는데, 엄마 아빠가 다 죽으면 안 되잖아. 둘 중 하나는 살아남아야지."

진지하게 말했다. 그는 '살아남는 게 왜 당신이어야 되냐?'고 하면서도 부인이 길에서 구해 온 먹거리를 언제나 먼저 시식했다. 가끔은 속상한지, 자기 부인이 사실은 '못돼 처먹었다.'고 그녀 몰래 우리에게 말했다. 정말 코믹하다. 코믹한 친구와는 늘 함께 있고 싶다. 친구를 만드는 세 번째 기술은 '웃겨라'가 아닐까?

그녀는 새벽 6시부터 아침을 짓기 시작했다. 전형적인 한 국식 입맛의 소유자였다. 새벽부터 육개장을 끓였다. 점심 때쯤 뜨끈한 육개장을 맛보라며 들고 왔다. 육개장과 먹으 면 맛있다며 마른 고추튀김도 같이 주었다. 마른 고추튀김 은 한국에서부터 가지고 왔다고 했다.

"이 귀한 걸 주세요? 그냥 육개장만 주셔도 감사한데."

"나눠먹어야 맛있지."

며칠 후, 김치를 담가서 주었고, 무말랭이 무침도 주었 다. 그 좁은 스튜디오 부엌에서 그녀는 못 만들어내는 것이 없었다.

추석 전날 밤에는 그녀가 어디선가 구해온 쌀가루로 넷 이 다 같이 송편을 빚었다. 에두아르는 송편을 못생긴 왕만 두처럼 빚는 주제에 얼마 되지 않던 재료를 엄청 많이 써서 나한테 욕을 먹었다. 그는 '못생겨도 입에 들어가면 다 똑 같다'며 에두아르 편을 들었다.

그녀는 추석날 점심, 소고기국에 잡채, 깻잎 튀김, 삼색

나물에 굴비까지 구워 한상을 차려 아파트 문 앞까지 들고 왔다.

치에코처럼 죄다 퍼 나르지는 않더라도 역시 '베풂'은 친구를 만들 때 없어서는 안 될 기술이라는 것을 재차 확인했다.

9개월 동안, 우리는 같이 자전거를 타고 여행을 떠나고 등산을 했다. 에두아르는 여행 도중 그가 조금이라도 굼뜨게 행동을 하면, 한창 공부하고 있던 한국어로 '김씨, 이리 와! 빨리!' 하고 소리쳤다. 그는 그런 에두아르를 무척 귀여워했다. 그래서였는지 에두아르는 그의 일이라면 발 벗고 나섰다. 두 차례 파리 전시회 때, 에두아르는 가족과 동료들을 끌고 왔고, 두 번의 전시회를 마친 후에는 우리집 거실에서 그의 전시회를 열어주자며 직접 만든 초대장을 동네 주민들에게 돌렸다.

친구가 되기 위해 반드시 거쳐야 할 것. 추억 만들기!

예정된 9개월이 거의 다 지나가고 있었다. 저녁 비행기로 떠나는 두 분을 위해 출발하는 날 점심을 내가 준비하고 싶었다. 같이 점심을 먹고, 커피를 마셨다. 그리고 잠시 후, 두 분을 공항까지 데려다 줄 친구가 왔다. 아파트 지하 주차장에서 마지막 작별 인사를 나누고 두 사람이 차에 타는 모습을 보고 있었다. 그녀가 차에 올라타다 말고, 내게 다가왔다. 그리고 나를 꼭 껴안고 말했다.

"고마웠어. 정말 고마웠어."

더 이상 말을 잇지 못했다. 그 예쁜 얼굴을 엉망으로 일그러뜨리고 내가 하고 싶은 말을 흐느끼며 했다. 우리 둘은 꼭 껴안고 펑펑 울었다. 두 분이 떠나면 많이 힘들 거라고 짐작했다. 그래서 나름대로 마음의 준비를 단단히 하고 있었다. 그런데, 진짜 두 분이 떠나자 정말 많이 힘들었다. 마음의 준비 따위는 필요도 없는 것이었다. 예상했던 것보다 수십 배 수백 배는 힘들었다. 친구가 되려면, 친구 때문에 가끔은 많이 힘들어야 한다.

스튜디오의 다섯 번째 세입자는 승희와 민주였다. 6개월간 교환학생으로 프랑스에 왔다. 학생 세입자들은 늘 바빴다. 그리고 어린 학생들은 집주인 아줌마랑 노는 것엔 관심도 없었다. 친구가 되는 것을 포기할까 하다가, 두 분에게 전수받은 친구 만들기 기술을 써보았다. 나는 내가 살아온 이야기를 했고, 에두아르는 평소대로 넘어지고 자빠지기만 해도 아이들을 웃길 수 있었다. 설날 아침에 떡국을 끓여 같이 먹고, 디저트를 만드는 날이면 작정하고 아이들 것까지 만들었다.

얼마 지나지 않아 승희와 민주는 내 어린 친구가 되었다. 스키장에서 넘어져 발목 수술을 했을 때 아이들은 거동이 불편한 나를 위해 점심을 차려주었고, 여행을 다녀올 때면 잊지 않고 작은 선물을 챙겨왔다.

"언니, 너무 맛있어서 언니한테 안 사올 수 없었어요. 에두아르 단 거 엄청 좋아하잖아요."

포르투갈에 가서 돼지가 되어 온 승희가 신이 나서 쫑알 댔다.

"너 대체 얼마나 먹은 거야? 바지가 터지겠다, 이놈아."

"아하하하하."

스튜디오를 떠나던 날, 민주는 에두아르와 내게 감사의 편지를 남기고 갔다. 민주의 편지는 서랍장에 잘 보관해 놓았다. 승희는 서울에 도착하자마자 전화를 했다. 고마웠다고, 고마웠다고 몇 번을 말했다. 승희의 부모님도 나와 통화하길 원하셨다. 승희의 부모님은 우리 부부가 한국에 가면 꼭 저녁을 대접하고 싶다고 하셨다. 교수님과 사모님에게 전수받은 '친구 만들기 기술' 덕분에 우리는 누군가에게 고마운 친구가 되어 있었다. 그 기술은 장담컨대 웬만하면 통한다.

우정의 경지境地

"이번 토요일 저녁에 알랑Alain 초대해서 저녁 먹으면 어때?"

에두아르가 눈치를 보며 묻는다. 왜 눈치를 보는지 알 수가 없다. 내가 알랑을 초대하자고 몇 번을 말하지 않았던가? 내가 초대하자고 할 때는 안 내켜 했던 것이 쑥스러운 모양이다. 그것도 알랑에 대한 엄청난 뒷담화를 한 후에 '안 내킨다'고 했으니까.

에두아르가 알랑의 뒷담화를 본격적으로 시작한 것은 작년 여름 그와 스페인 여행을 다녀온 후부터다. 정확하게 말하면, 스페인으로 떠나기 바로 전날 밤부터.

알랑은 에두아르가 작년 봄학기까지 근무했던 뉴이 슈르 센에 있는 고등학교의 동료 선생이다. 둘 다 프랑스어와 라틴어를 가르친다. 그들의 말에 따르면 '프랑스는 학교 교육을 작정하고 엉망으로 만들어 자살 중인 나라'라고 한다. 그런 프랑스의 현직 교사로서 학생들을 어떻게 지도해야 하는지 열을 올리며 토론하곤 한다. 그들의 열정은 가히 높이 평가할 만하다. 그들은 관심분야도 비슷하다. 둘 다 역사와 예술에 대한 관심과 지식이 상당하다. 이런 공통분모 덕에 둘은 짧은 시간에 죽이 잘 맞는 친구가 되었다. 남편과 친한 동료이자 친구이다 보니, 자연스럽게 나도 알랑과 친해졌다. 알랑은 처음부터 지금까지 내게 친절하고 다정하다.

여름방학이 다가오고 있었다. 알랑이 스페인 북동부 지역을 일주일간 같이 여행하자고 했다. 에두아르는 미리 세워 놓은 여행 일정이 빡빡해서 힘들다고 했다.

"일주일이 힘들면, 5일만 있다가 오면 되잖아."

"시간도 시간이지만 우리가 다른 여행 계획을 너무 많이 잡아 놓아서, 돈도 없어….."

"아! 그런 거야? 그럼 내가 너희 호텔비 다 댈게!"

에두아르는 고맙지만 그럴 수 없다고 거절했다. 알랑은 에두아르의 말을 들은 척도 하지 않았다.

"이번 주말에 너희 집에 갈게. 같이 여행 스케줄 짜자!"

우리는 5박6일 동안 스페인의 사라고사Zaragoza를 중심으로 주변 마을을 여행하기로 했다. 우리가 만날 약속장소는 스페인 국경에서 멀지 않은 프랑스 남서부의 포Pau라는 도시로 정했다. 알랑이 기차를 타고 포로 오면 우리가 역에서 픽업해서 2시간 정도만 가면, 첫 번째 목적지인 스페인의 하카Jaca라는 마을에 도착할 수 있다. 하카의 호텔은 알랑이 예약했다.

사라고사의 숙소도 알랑이 예약하고 싶어 했지만 에두아르는 미안해서 그럴 수 없다며 시내에 있는 작은 아파트를 빌렸다. 숙소 예약을 마친 후, 신이 난 알랑은 우리집 거실에서 두 팔을 올리고 엉덩이를 실룩거리는 섹시한 춤을 춰서 우리를 웃겼다.

여름휴가가 시작되었다. 우리는 샤모니를 시작으로 수비니Souvigny, 로트Lot 지방, 툴루즈Toulouse를 거쳐 알랑과의 약속장소인 포로 향했다. 도로 표지판에 'Pau'란 글자가 등장하고 신호 대기에 걸렸다. 다시 출발하려고 했을 때 시동이 꺼져버렸다.

차를 정비소에 견인시키고 알랑을 만나러 갔다. 점심을 먹으면서 정비소의 연락을 기다리기로 했다. 오후 늦게 정비소에서 다음 날 아침이나 되어야 차를 고칠 수 있다는 연락이 왔다. 부품 하나가 부족해 그날은 손도 못 댄다고 했다. 우린 어쩔 수 없이 예정에 없던 포에서 하룻밤을 보내야 했다. 여행 일정에 차질이 생긴 것이 짜증이 났는지 알랑이 조금씩 투덜대기 시작했다. 그런 알랑의 태도에 에두아르는 언짢은 기분을 얼굴에 그대로 드러냈다.

"아까 알랑 표정 봤지? 짜증이 나면 우리가 더 나지! 차 고장 난 건 신경도 안 쓰더만! 자기 차 아니다 이거지!"

뒷담화가 시작되었다. 나는 뒷담화를 하는 것도, 듣는 것도, 무척 싫어한다. 뒤에서 뒷담화를 해야 할 정도의 친구라면 안 보고 만다. 연을 끊는다. 그런 나지만, 그날 저녁은 남편의 뒷담화를 멈추게 하기에는 너무 피곤했다. 그가 하는 말을 듣는 척만 하다가 잠이 들었다.

다음 날, 정비소 직원은 부품이 언제 도착할지 몰라 몇 시쯤 수리가 끝날지 모른다고 했다. 재수가 없으면 내일이나 되어야 고칠 수 있을 거라고도 했다. 알랑이 노골적으로 짜증을 냈다.

"지금 당장 하카 호텔에 전화해서 오늘도 도착할 수 없다고 해야 되는 거야?"

"내가 그걸 어떻게 알아?!"

에두아르도 숨김없이 감정을 드러냈다.

"5박6일 중에 벌써 하루 날리고, 오늘도 출발 못하면 겨우 3박4일 있다 오려고 포에서 2박을 해야 한다고? 정말 말도 안돼!"

"그럼, 너 먼저 버스 타고 하카에 가 있어. 우린 차 수리 끝나는 대로 뒤따라갈게."

에두아르의 신경질적인 반응에 알랑이 조금 꼬리를 내렸다.

나는 어차피 이렇게 된 거 포 시내 관광이나 하자 싶었다. 에두아르는 화가 많이 났는지, 카페에서 책을 읽겠다고 했다. 알랑이 나를 따라 나섰다. 우리가 포 시내 전체를 다

둘러봤을 때쯤, 에두아르가 차 수리가 끝났다는 반가운 소식을 전했다.

피레네 산맥을 넘으며 눈앞에 펼쳐지는 풍경에 두 남자의 나빴던 감정도 회복되었다. 하카에서 하룻밤을 보내고 다음날 주변 마을의 유적을 둘러본 후, 사라고사로 출발했다. 일정이 하루 늦어지는 바람에 사라고사에는 초저녁이나 되어 도착할 수 있었다. 사라고사에 예약해 둔 아파트 앞에 도착했을 때, 입구문은 굳게 닫혀 있었다. 에두아르가 관리실로 전화를 했다. 없는 번호라고 했다.

"처음부터 아파트 같은 걸 예약하는 게 아니었어! 난 여행할 때, 항상 호텔에서 자! 그게 제일 안전한 방법이라고!"

"지금 와서 그런 소릴 하면 뭐해? 네가 스페인어를 할 수 있으니까, 이웃 사람들한테 이 아파트에 여행객들이 오기나 하는 건지, 좀 물어봐!"

하루 늦게 도착했다는 이유로 하카에서부터 강행군으로 돌아다녀서 나는 무척 피곤했다. 그리고 더위도 너무 더웠다. 온 몸에서 땀이 줄줄 흘러내렸고 배도 고팠다. 게다가 그날 밤 당장 어디서 자야할지도 모르는 판에 두 남자가 신경전을 벌이고 있다. 사전에 관리실에 연락해보지 않은 준비성 빵점의 에두아르에게도 짜증이 났고, 이제 와서 해봤자 소용없는 소리를 해대는 알랑한테도 짜증이 났다. 에두아르는 당장 다른 호텔을 알아봐야겠다며 지나가는 사람들에게 호텔이 많은 곳을 알려달라고 했다. 영어가 통하지 않았다. 영어가 안 통하자, 에두아르는 급한 대로 스페인어와 비슷한 이탈리아어로 이야기를 했다. 행인들은 이탈리아어도 알아듣지 못했다.

"알랑! 네가 좀 스페인어로 물어봐!"

"고등학교 때 제 2외국어로 배운 거뿐이야. 여긴 프랑스 국경하고 멀지 않아, 프랑스어가 다 통한다고! 그냥 프랑스어로 물어봐!"

고집불통 에두아르는 알랑의 말을 무시하고 이탈리아어를 계속 난발했다. 둘은 '사용 언어'를 가지고 한참을 싸웠다. 오! 굳세어라! 에두아르는 결국 이탈리아어를 알아듣는 행인을 발견했고, 호텔을 찾아 나섰다. 알랑은 에두아르를 따라갔다. 나는 남아서 차를 지키기로 했다. 한참이 흐른 후에, 알랑이 나타났다.

"왜 혼자 와?"

"에두아르 아직 안 왔어? 나보다 먼저 출발했는데!"

사정은 이랬다. 둘은 다행히 시내 중심에서 호텔을 구했다. 그런데, 에두아르는 아파트 열쇠에 미련을 버리지 못하고, 다시 관리실에 전화를 했고, 이번엔 통화를 했다. 조금 전에는 에두아르가 실수로 전화번호를 잘못 누른 것이었다. 참으로 에두아르답다! 알랑은 호텔을 예약했으니, 아파트 열쇠는 이제 필요 없다고 했지만, 에두아르는 관리실에 가서 열쇠를 받아오겠다며 먼저 출발했다. 호텔에서 관리실이 멀지 않아, 걸음이 빠른 에두아르가 당연히 알랑보다 먼저 도착해 있어야 했다.

길을 헤매는 건지, 덥고 피곤해 길에서 쓰러진 건지 걱정이 되었다. 에두아르에게 전화를 했지만 전화기는 꺼져 있었다. 짜증이 밀려왔다.

"우리 호텔 가서 기다린다고 메모 남겨놓고, 호텔 가 있자."

"난 여기서 에두아르 기다릴래."

"그래? 그럼 조금만 더 기다려보고 안 오면 그렇게 하자. 야, 그런데, 아까 에두아르 통하지도 않는 이탈리아어 하면서 고집부리는 거 봤지? 여긴 프랑스어가 다 통한다고! 어제 하카에서도 프랑스어 다 통했잖아. 네 남편 왜 이렇게 고집이 세냐? 그 고집 때문에, 다른 동료들이 에두아르를 다 싫어했어."

'이건 뭐지?' 내가 아무리 에두아르에게 짜증이 나 있었다 해도 난 그의 부인이다. 내 앞에서 그의 뒷담화를 하는 알랑이 이해가 되지 않았다. 안 그래도 뒷담화를 듣기 싫어하는데 그것도 내 남편의 뒷담화를 그 더운 날 들어야 한다니! 그의 뒷담화가 30분 정도 계속되고 있을 무렵, 에두아르가 손가락에 열쇠고리를 끼고 살랑살랑 흔들면서 나타났다.

"호텔 예약했으니, 그냥 거기 가서 자자."

알랑이 말했다.

"싫어, 호텔에서 자고 싶으면, 너 혼자 가. 주영이는 호텔에서 자는 거 싫어해."

알랑은 우리가 아파트에 남겠다고 하자 자기도 우리와 함께 남겠다고 했다. 우린 아파트에 짐을 풀고, 바로 호텔에 가서 예약을 취소했다. 에두아르가 선불로 낸 호텔비는 한푼도 돌려받지 못했다. 정말 짜증이 났다. 시원한 맥주라도 마셔야 할 것 같았다. 근처 식당에 들어갔다. 에두아르는 입맛이 없다며 맥주만 시켰고, 알랑은 전채음식과 물만 시켰다. 나는 맥주와 내가 먹고 싶은 모든 것을 시켰다. 내가 식사를 하는 동안, 두 남자는 대화를 두절한 채 '나 못마땅해! 표정'을 짓고 있었다. 소화가 아주 잘되는 저녁 식사였다.

그날 밤, 에두아르는 알랑이 알아듣지 못하도록 이탈리아어로 뒷담화를 시작했다.

"아까, 알랑 표정 봤어? 정말 웃기지 않냐? 문제를 해결할 생각은 안하고 어린애처럼 계속 짜증만 내고! 저러니 동료들이 다 싫어하지. 그러니 맨날 외톨이지!"

'이건 또 뭔가?' 대체 뉴이 슈르 센에 있는 고등학교의 교사들은 누구를 싫어하는 걸까? 혹시 둘 다 왕따? 둘은 왕따 콤비?

에두아르는 내가 뒷담화에 동조해주기를 원하는 눈치였지만, 반응이 없자 이내 포기했다. 그도 내가 뒷담화를 싫어하는 것을 알고 있다. 내가 '그만하라'고 소리를 지르지 않은 것만으로도 감사해하며 피곤했는지 곧 잠들어버렸다.

그 다음 날부터, 두 남자는 나란히 걷지도 않고 아무 말
도 하지 않았다. 서로 번갈아 내 옆에 다가와 경쟁이라도
하는 듯 살갑게 굴면서 틈틈이 서로의 험담을 했다. 나는
그 어린아이 같은 두 남자 사이에서 돌아버릴 것 같았다.
최악의 여행이었다.

　방학이 끝나고 몇 주 후, 알랑이 주말에 같이 영화를 보
러 가자고 했다. 영화관 앞에서 만난 두 남자는 형식상 이
야기는 하고 있지만, 예전만큼 유쾌해 보이지 않았다. 영화
를 보고 난 후, 저녁 식사를 할 때도 어색한 분위기는 계속
되었다. 그날 본 프랑스와 오종 감독의 〈프란츠〉에 대한 둘
의 감상평이 다르자 분위기는 더 안 좋아졌다. 무척이나 소
화가 잘 되는 저녁 식사였다.
　집에 돌아오자마자 에두아르는 〈프란츠〉를 나쁘게 평가
하는 알랑의 정신상태가 의심스럽다며 뒷담화를 시작했다.
　"그만 해! 그냥 앞으로 알랑 안 만나면 되잖아!"
　"안 만날 수는 없고… 아무래도 만나는 횟수를 줄여야겠
어. 그런데 말이야, 궁시렁궁시렁"
　서로 험담을 해가면서까지 연락을 끊지 못하는 이유는

뭘까? 절교를 선언할 용기가 없는 걸까? 아니면, 나이 들어 절교선언 따위는 유치하게 느껴지는 걸까? 도대체 이해할 수가 없다.

"맨날 욕하면서 굳이 만나야 할 이유가 뭔데? 나 같으면, 그렇게 싫으면 안 만나! 그냥 끊어버려!"

뒷담화를 듣다듣다 버럭 소리를 질렀다.

"야! 친구가 뭐 담배냐? 끊게?"

에두아르는 하던 뒷담화를 멈추긴 했지만, 곧 죽어도 알랑과 그만 만나겠다는 소리는 하지 않았다.

퇴근하고 집에 들어오면서, 에두아르는 누군가와 계속 통화중이었다. 뭐가 그리 좋은지 웃고 난리가 났다. 한참을 유쾌하게 통화를 마친 후, 내 눈치를 슬금슬금 보면서 한 소리가 '이번 토요일 알랑을 초대해 저녁을 먹으면 어떠냐?'였다.

본명이 에우세비우스 소프로니우스 히에로니무스라고 하는 성聖 제롬은 그의 본명만큼이나 어려운 명언을 남겼다.

'우정을 끝낼 수 있다면 그 우정은 실제로 존재하지 않는

것이다.'

　성인聖人 정도 되어야 깨우칠 수 있는 우정의 경지를 에두
아르와 알랑은 깨우친 걸까? 대단하다. 우정의 경지를 터
득하기에는 나는 아직도 먼 것 같다.

베로니크는 이렇게 살기로 결심했다

　최악의 스페인 여행을 마치고 프랑스로 돌아오는 길, 그르노블 근처에 살고 있는 베로니크와 올리비에의 집에 들렀다. 그녀의 부엌에서 우리가 머물 나흘 동안 무엇을 할까 계획을 세웠다. 베로니크는 이틀 후에 기면증(일상생활 중 발작적으로 졸음에 빠져드는 신경계 질환)을 앓고 있는 큰딸 플로르Flore를 도우러 리옹에 가야 한다고 했다. 우리도 같이 가기로 했다. 플로르가 출산을 하고 얼마 되지 않아서 그녀의 아기가 보고 싶었다.

　"너희 내일은 뭐 할 거야? 혹시 너희⋯."

베로니크는 난민 학생들과 산행을 하러 가는데, 우리도 함께 가지 않겠냐고 조심스럽게 물었다.

"내일 같이 등산을 가고 싶어 하는 학생이 여덟 명 정도 인데… 내 차에 다 태울 수가 없어서… 너희가 같이 가 준 다면 여덟 명 다 같이 갈 수 있을 거 같은데…."

우리는 좋다고 했다.

"고마워! 학생들에게 산, 바다, 다른 도시, 여러 곳을 보 여주고 경험하게 해주고 싶은데, 매번 이동할 차량 때문에 골치가 아파. 아무래도 미니버스 한 대를 사야 할 것 같아."

난민 학생들을 위해 미니버스를 사고 싶다는 말에 에두 아르와 나는 조금 놀랐다. 난민들을 위한 프랑스어 수업을 하면서부터 베로니크의 일상은 서서히, 그리고 완전히 달 라졌다.

결혼하기 전, 그르노블을 두 번째 방문했을 때 에두아르 를 통해 내 이야기를 들은 베로니크는 나를 저녁식사에 초 대했다. 그날 저녁, 베로니크와 올리비에는 온화한 미소로 나를 반겼다. 그들은 그들의 집만큼 여유로웠다. 넓은 거실 서재의 다양한 예술 서적들, 집안 곳곳에 걸려 있는 그림들, 소박하면서도 세련된 취향의 가구, 집안의 모든 물건들이 그 집의 주인처럼 편안하고 지적인 품위를 뿜어내고 있었다.

혈관질환 전문클리닉의 원장인 올리비에는 따뜻하면서도 카리스마가 넘쳤고, 그의 부인 베로니크는 지적이면서도 따뜻한 느낌이었다. 평생 여유롭게 살아온 의사 부인들에게서 볼 수 있던 사치스러움이나 거만함은 찾아볼 수 없었다. 나는 그들이 처음부터 마음에 들었다. 처음 가본 집에서, 그렇게 크고 좋은 집에서, 그렇게 편해본 적도 없었다.

결혼 후, 우리는 적어도 일 년에 한 번 그 집에 일주일씩 머물고 온다. 나는 그 일주일 동안 베로니크와 함께 그림을 그리고, 서예를 연습하고, 같이 디저트를 만들면서 놀았다. 베로니크는 다양한 분야에 관심이 많다. 다국적 영화, 현대 미술, 다양한 장르의 다국적 음악, 사진예술, 외국어, 문학, 요가와 명상, 불교와 도교 철학, 샤머니즘, 토테미즘, 산채 음식, 야생화, 나무에 끼어 있는 이끼의 종류, 야생동물의 발자국과 배설물에 대한 연구 등등, 그녀의 호기심은 고양이를 능가한다.

올리비에는 베로니크의 수많은 호기심과 취미를 존중했으며, 그녀가 그것을 즐길 수 있도록 외조했다. 그는 베로니크가 취미로 찍은 사진들을 전시하기 위해 별채 2층을 갤러리로 개조해 동네 사람들을 초대했다.

올리비에는 응급 환자들의 수술을 위해 새벽부터 자다 말고 뛰어나가야 하는 일이 많다. 베로니크는 평생 환자들을 위해 살아온 남편을 차분히 내조했다. 그녀는 여가를 누릴 시간이 없는 남편을 위해 별채 3층을 영화관으로 만들고 2천 편이 넘는 DVD를 마련했다.

한 번은 새해 첫날을 그들 집에서 맞은 적도 있다. 온 집안 식구가 다 모였다. 가족이 아닌 사람은 에두아르와 나, 둘밖에 없었지만 그들은 우리를 가족과 똑같이 대해 주었다. 새해 아침, 부엌에 모인 모두는 내가 준비해 갔던 한국 정종으로 건배를 했다. 베로니크가 전날 밤 내게 배운 한국어로 '새해 복 많이 받으세요.' 하며 잔을 들어 올렸다. 모두들 그녀를 따라한다고 '스흐 보크 므브으으스요~.' 해놓고 박장대소했다. 새해 첫날 아침을 화목한 가족과 함께 시작하는 것은 행복한 일이었다.

"내가 꿈꾸는 가족, 가정이 바로 이런 거였어. 내가 이상

형으로 생각하는 부부가 바로 올리비에와 베로니크야. 우리도 그들처럼 살자."

에두아르는 얼굴 가득 함박웃음을 지으며 고개를 끄덕였다.

그랬던 그들이, 나의 이상형이었던 그들이 싸우고 있었다. 그들이 싸우는 건 처음 봤다.

"아픈 딸한테 쓰는 시간 일주일에 한 번, 남편한테 쓰는 시간 하루 30분, 그 나머지 모든 시간은 난민들을 위하여!"

올리비에는 웃으면서 비아냥거렸다.

"당신 말대로 내가 그 나머지 모든 시간을 쓰는 난민들은, 내가 없으면 안 되는 사람들이라고!"

"그건 당신 착각이고! 그리고 당신 딸과 남편은 당신이 없어도 되는 사람들인가?"

분위기가 점점 험악해지고 있었다. 에두아르와 내가 대화의 주제를 바꾸려고 무던 노력했지만, 그들은 리옹으로 가는 총 1시간 40분 동안 최소한 20분에 한 번씩은 말다툼을 했다.

리옹의 플로르 집에서 점심을 먹고, 플로르가 잠에 빠져들었다. 그사이 올리비에와 에두아르는 동네를 산책하러 나갔다. 차 안에서 계속 남편과 말다툼을 했던 베로니크의 표정은 어두웠다. 전날, 난민 학생들과 산행을 했을 때의 행복한 표정과는 너무도 달랐다. 베로니크와 단둘이 있으면서 그렇게 어색한 적도 처음이었다. 그런 어색함이 싫다기보다는 안타까웠다.

"올리비에도 네가 난민들을 돕는 걸 좋아했잖아?"

"그랬지. 물론, 나도 올리비에를 이해해. 그는 평생 가족을 위해, 밤낮으로 일을 했어. 이제 그도 나이가 들어, 일을 조금씩 줄이고, 몇 년 후면 그만둘 생각이야. 그는 평생, 일을 그만두게 되면, 그동안 할 수 없었던 여행을 다니고, 취미 생활을 즐기며 나와 함께 하는 여유로운 노년을 꿈꿔왔어. 불행하게도 그런 그의 꿈을 실현할 수 있을 즈음, 내가 난민들한테 정신이 팔려버린 거지. 나는 요즘 나의 난민 학생들을 위해 모든 시간과 돈을 쓰고 있어. 올리비에가 내게 지나치다할 만도 해. 나도 그런 그에게 미안해. 그런 그가 측은해. 하지만, 난 이제 난민들을 배제한 생활은 상상할 수 없게 되었어. 난 평생 바쁜 올리비에의 뒷바라지를 해오며, 한번도 불만을 이야기해본 적이 없어. 나라고 혼자 있는 그 많은 시간, 외롭지 않았겠어? 남편과 같이 여행을 떠나고, 더 많은 시간을 보내고 싶지 않았겠어? 나는 그 긴 시간들을 아무 말 없이 참아왔어. 나는 그런 나를 위해 내가 가지고 있는 경제적 여유로 내가 할 수 있는 뭔가를 찾으려 노력했어. 나의 취미생활이 나라는 사람을 위로하고, 남편과 가족을 위해 헌신하는 내 스스로에게 주는 상이었던 셈이지. 난 그 안에서 행복하다고 생각했어. 하지만, 아이들이 크고 독립해 나가고, 여전히 바쁜 남편 옆에서 나는 아무리 내 스스로에게 상을 주어도 허무했고, 무료했어. 그랬던 내가, 난민들을 알게 되면서부터 내 스스로에게 억지로 상을 주지 않아도 허무하지도 무료하지도 않았어. 나로 인해 그들이 새로운 세상을 알아가고, 머나먼 타국에서 안정되어 가는 것을 보면서, 나는 나의 존재 의미를 알게 되었어. 올리비에도 이런 나를 알아. 그렇다면, 이번에는 올리비에가 나를 조금은 이해해줘야 한다고 생각해."

베로니크는 마치 오랫동안 준비하고 기다렸다는 듯 이야기를 이어갔다.

"어쩌면 난민 학생들이 나를 필요로 하는 것이 아니라,

내게 그들이 필요한 건지도 몰라. 그들을 통해서 배우는 것들이 너무 많아. 어느 날, 핫산이 묻더라. '프랑스인들은 왜 늙은 부모와 같이 살지 않느냐'고. 자신을 낳아주고 키워준 부모를 혼자 살게 놓아두는 프랑스의 문화가 너무 차갑게 느껴진다는 거야. 그의 말은 내게 충격적이었어. 그의 말을 듣기 전까지, 난 단 한번도 그런 생각을 해본 적이 없었어. 그들이 생각하는 가족은 내가 생각하는 가족보다 훨씬 더 끈끈하고 따뜻한, 너무도 인간적인 사랑이었어. 나는 그들을 통해, 우리 인간이 가지고 있는 진정한 순수함을 발견했어. 올리비에가 뭐라 해도, 나는 앞으로 그들을 위해 살기로 결심했어. 그들과 함께 있을 때, 나는 너무 행복해. 나는 이제 내게 진정한 행복을 상으로 주기로 결심했어."

베로니크는 봇물 터지듯 하고픈 말을 쏟아냈다.

그녀의 확고한 생각 앞에서 나는 할 말이 없었다. 그녀가 난민들과 있을 때만이 아니라 그녀의 남편과 가족들, 그리고 난민들을 만나기 전의 친구들과 함께 있을 때도 행복하기를 바랐다. 그녀를 이해할 수 있고, 그녀를 응원하지만, 그녀가 난민들을 위해 쓰는 돈과 시간이 지나치다는 생각

은 떨구지 못했다. 아니다. 나의 이상형이었던 부부와 가족
이 흔들리고 있는 것이 불안하고 싫었다. 내가 꿈꾸는, 내
가 이상형으로 생각하는 모델을 계속 보고 싶다는 이기심
이었다.

　　나흘을 머물 예정으로 그들의 집을 방문했지만, 우린 사
흘 만에 집으로 출발했다. 올리비에와 베로니크의 불편한
관계를 지켜보고 있기가 힘들었다.

　　"우리가 예전의 올리비에와 베로니크를 다시 볼 수 있을
까? 우리가 그들의 예전 모습을 다시 볼 수 있는 방법은 하
나밖에 없다고 봐. 올리비에가 베로니크와 함께 난민을 돕
는 거지!"

　　내 의견에 에두아르의 생각은 달랐다.

　　"물론, 그것도 방법이긴 하지만 실현 가능성이 거의 없
어. 나는 베로니크가 난민들을 지금처럼 개인적으로 시간
을 들이고 사비를 털어 계획성 없이 무작정 돕는 것이 아니
라, 난민을 돕는 사회단체를 만들어 조직적으로 일을 해야
한다고 생각해. 그러면 베로니크가 그들에게 쓰는 시간도
줄어들 거야. 올리비에는 베로니크가 난민을 돕는 일을 반

대하는 것이 아니야. 베로니크가 지나치게 많은 시간과 돈을 그들에게 쏟아 붓는 것이 불만일 뿐이야. 난 베로니크가 왜 난민구제 사회사업을 벌일 생각을 하지 않는지 모르겠어. 아마 평생 전업주부로만 살아와서 그런 걸까?"

"그런 단체를 만들고 운영하는 일이라면, 올리비에가 퇴직한 후에 도와줄 수 있지 않을까?"

"그럴 수도 있을 거야. 올리비에라면 가능한 일이지. 내가 한번 말을 꺼내 봐야겠어."

집에 돌아와 에두아르는 베로니크와 통화를 했다. 베로니크는 난민구제 사회단체를 만들어 조직적으로 난민을 돕는 것도 좋은 일이지만, 본인은 그럴 마음이 없다고 했다. 이유는 알 수 없었다.

계절이 바뀌고 있었다. 아침저녁으로 차가운 바람이 불기 시작하면서, 수술한 발목이 다시 아프기 시작했다. 아무래도 발목 안에 박아 놓은 철심과 나사를 빼야 할 것 같았다. 수술을 결정하기 전에, 에두아르는 올리비에의 의견을 들어보려 했다.

올리비에에게 내 발목 수술에 대한 상담을 마친 후, 에두

아르는 베로니크와도 통화를 했다. 그리고, 난민구제 사회
단체 이야기를 다시 꺼냈다. 나도 그녀와 통화를 원했다.

"에두아르의 말대로 단체를 만들어 일하면, 더 많은 난민
들을 도울 수 있지 않을까?"

"너희 말이 맞아. 하지만 나는 그러고 싶지 않아."

"왜? 사회단체를 만드는 일이 부담스러운 거야?"

"아니, 단체를 만들어 친구들을 돕고 싶지 않아서야. 더
많은 난민에게 골고루 혜택을 주는 것, 그것이야말로 사회
사업가들이 해야 할 일이야. 난 사회사업가가 아니야. 나는
그들의 친구일 뿐이고, 내 친구들이 난민일 뿐이야."

그녀는 분명 난민 학생이 아닌 '내 친구들'이라고 했다.

난민과 자원봉사자의 관계와 친구간의 관계는 다른 것이
다. 그녀가 난민돕기 단체를 만들고 싶어 하지 않는 이유
를 이해할 수 있다. 사회단체를 만들어 조직적으로 돕는 것
은 어려움에 처한 친구를 돕는 것과는 다른 것이다. 그것은
우정과는 다른 종류의 감정이다.

몇 주 전, 이번엔 베로니크가 발목 수술을 했다. 난민 친
구들을 데리고 눈썰매를 타러 갔다가 미끄러져 양쪽 발목

이 다 부러지고 말았다. 45일 동안 깁스를 하고 있어야 해서 꼼짝도 못하고 있다며, 올리비에가 그녀를 열심히 간호하고 있다고 했다.

"최근 들어 올리비에가 이렇게 행복해보인 적도 없어."

베로니크와 나는 큰소리로 한바탕 웃었다.

나에게 친구는 지도였다

"내가 인생을 잘못 살아온 것 같아. 칠십 평생을 살면서,
내 마음을 다 보여줄 수 있는 친구 한 명이 없으니 말이야."

엄마는 환갑을 넘기고부터 친구가 없어 외롭다는 이야기
를 자주 한다.

"너는 마음을 다 털어놓고 말할 수 있는 친구가 있니?"

엄마가 내게 물었다. 내가 '그렇다'고 대답하자 부럽다고
했다.

"나도 너처럼 친구가 있으면 좋겠다… 속마음을 다 털어
놓을 수 있는 진정한 친구 한 명…."

사교성이 없는 엄마는 젊었을 때부터 사람들과 몰려다니는 것을 싫어했다. 누군가에게 뭔가를 부탁하는 것도 부탁을 받는 것도, 피해를 주는 것도 받는 것도 싫어했다. 엄마는 사람들과 어느 정도 거리를 두는 것을 좋아했고, 언제나 예의를 갖추었다. 그런 엄마가 나이가 들어갈수록 친구에 목말라한다.

"주영! 잘 지내?"

"응, 그런데 아빠, 이 시간에 왜 집에 있어?"

한국은 초저녁 시간이었다. 일을 할 때도 은퇴한 뒤에도 아빠가 초저녁 시간에 집에 있는 일은 없었다. 어딘가에서 누군가와 만나고 있어야 할 시간이었다.

"요즘 늘 이 시간에 집에 있어."

"왜? 친구들 안 만나?"

"친구가 있어야 만나지…."

"늘 만나던 동네 아저씨들 있잖아."

"그 사람들이 무슨 친구야. 그냥 아는 사람들이지. 만나봐야 할 일도 없고, 할 말도 없어. 그냥 집에서 〈주몽〉 재방송이나 보는 게 더 재밌어. 고향친구를 만나도 학교친구를 만나도, 서로 할 말이 없으니 맨날 자식 자랑들이나 하고…
만나서 하는 거라곤 술이나 마시는 건데, 이젠 다들 늙어서
마시지도 못해. 내가 세상을 잘못 살았는지, 주위에 친구라
생각할 만한 사람이 한 명도 없다."

　아빠의 기운 없는 목소리에는 허무함이 묻어 있었다.

　아빠는 사교성이 무척 좋은 사람이다. 항상 사람들에게
먼저 말을 걸었고, 쉽게 사람을 사귀었다. 젊은 시절엔 조
기 축구회나 산악회, 체육회 같은 모임에 가입하고 사람들
과 몰려다니며 술을 마시고 산행을 하고 여행을 떠나는 것
을 즐겼다. 은퇴 후에도 아빠는 거의 매일 고정적으로 만나
는 동네 아저씨 그룹이 있으며, 학교 동창회에도 꼬박꼬박
참석한다. 어릴 적 고향 친구들과의 연락은 물론 예전에 같
이 일을 했던 동료들과도 정기적으로 연락을 하고 지낸다.
주위 사람들의 경조사를 빠짐없이 챙기며, 우리 집의 경조
사도 민망할 정도로 모두에게 알리는 성격이다.

　아빠는 친구가 없으면 살 수 없는 사람으로 보였고, 그런
성격 덕분에 아빠 주위엔 항상 사람들이 많았다. 물론, 아
빠의 대인 관계가 얕고 넓어 보이기는 했지만, 그 많은 주
위 사람 중에 본인이 친구로 생각하는 사람이 한 명도 없다

는 말은 뜻밖이었다. 친구가 없어 세상을 잘못 살아온 듯하다는 70대 엄마와 아빠의 말을 들으며 나까지 허무해지는 느낌이었다.

얼마 전, 동생을 만나기 위해 로마에 다녀왔다. 오랜만에 만난 동생 부부는 내가 요즘 쓰고 있는 글에 대해 궁금해했다. 대화의 주제는 자연스럽게 '친구'에 관한 것이었다.

"너희들 친구 이야기 좀 들려줘."

쓸 만한 에피소드를 건질까 하고 물어봤다.

"난 솔직히 언니의 친구들 같은 친구가 없어. 언니가 명건 오빠라는 소중한 친구를 만날 수 있었던 건, 언니가 타국이라는 특별한 장소에서 배고픔을 느낄 정도로 가난했던 시절을 보냈기 때문일 거야. 힘들 때 서로 의지하면서 우정도 싹트는 거라고 생각해. 난 언니처럼 돈이 없어서 당장 굶어야 했던 적이 한번도 없어. 그래서 명건 오빠가 언니가 자는 사이 방문 틈에 몰래 끼워놓았다는 만 엔짜리 지폐 같은 찡한 추억도 없어. 솔직히 내게 진정한 친구가 있는지 없는지도 모르겠어."

동생 자영 옆에서 이야기를 듣고 있던 매제에게 물었다.

"파우스토, 너한테 제일 소중한 친구는 누구니?"

"난 친구 없어."

"왜 친구가 없어? 너희 결혼식에 왔던 네 친구들은 다 뭐야? 마우리치오Maurizio나 알퐁소Alfonso… 아직도 연락하면서 지내잖아?"

"아… 그 녀석들은 그냥 어릴 적 같은 동네에 살았고 학교를 같이 다녔던 친구지. 난 친구 없어. 난 내가 내 친구야."

'내가 내 친구'라는 파우스토의 말은 인상적이었다. 그말은 듣는 것만으로도 외로웠다. 이탈리아어에는 '영혼의 쌍둥이anima gemella'라는 표현이 있다. 결혼 상대를 이야기할 때나 진정한 친구를 말할 때 즐겨 쓰는 표현이다.

세상에 나와 같은 영혼을 가지고 있는 사람이 존재할까? 이 질문에 답하기 위해서는 먼저 생각해봐야 할 것이 있다. 과연 나는 나의 영혼을 제대로 알고 있을까? 우리는 살아가면서 내 속의 나를 새로 발견하기도 하고, 내 안에 내가 너무 많아 스스로도 나를 모르고 있다는 생각을 한다. 나조차도 잘 모르는 나라는 존재와 같은 영혼을 가진 사람을 찾는다는 것이 가능할까? '영혼의 쌍둥이'만이 친구라면, 파

우스토 말대로 자기만이 자신의 친구일 수밖에 없거나, 자신의 영혼에 대해 잘 모르고 있다면 그나마도 친구가 한 명도 없는 것은 당연하다. 파우스토는 그의 모국어 표현 '영혼의 쌍둥이' 때문에 친구라는 존재를 너무도 거창하게 생각하고 있는 것 같았다.

나는 내가 특별히 친구가 많은 사람이라고 생각해 본 적도 없고, 단 한 명이라도 소중한 친구가 있었으면 하고 바래본 적도 없다. 나는 엄마를 닮아 천성이 사교적이지 못하며, 사람들과 어느 정도 거리를 두고 사는 사람이다. 그런 나지만 내겐 친구가 있다. 사람들이 내게 '진정한 친구가 있니?'라고 물을 때면, 나는 '그렇다.'고 대답한다.

이 글을 쓰면서, 주위 사람들에게 '친구가 있냐?'고 물었을 때, 나처럼 쉽게 '있다.'고 대답한 사람은 한 명도 없었다. 내 주위에 친구가 있는 사람은 나뿐인 것 같았다. 대체 친구가 뭐길래? 나를 제외한 모두는 친구가 없거나 존재여부조차도 모르는 걸까?

대부분의 사람들은 친구란 '속마음을 다 보여줄 수 있는 사람'이라고 생각했다. 왜 우리는 우리의 속마음을 누군가에게 다 알려야 하는가? 그럴 필요는 없다. 아무에게도 말하고 싶지 않은 이야기, 자신의 마음 속 비밀은, 비밀로 남겨 두면 된다. 비밀은 지키라고 있는 것이지 누설하라고 있는 것이 아니다. 사람들은 마음 속 비밀을 말할 상대가 없다며 친구가 없다고 생각한다. 나도 대단하지는 않지만 나만의 비밀이 있다. 나만의 비밀을 지키는 일은 그리 힘든 일이 아니기 때문에, 친구와 공유할 필요조차 느끼지 못한다. 그래서 내겐 친구가 있는 것이다.

많은 사람들은 '힘든 시절을 함께 한 사람만이 진정한 친구'라고 생각한다. 대부분의 사람들은 우리가 생각하는 것보다 착하고 따뜻하다. 주위 사람들의 불행을 접하게 될 때, 우리 대부분은 위로를 하거나 도움을 주려 한다. 그렇다면 우리 주위의 대부분은 우리의 친구가 될 수 있는 것이다. 그런데도 사람들은 친구가 없다고 한다. 친구가 없는 것은 힘든 시절 같이 한 사람이 없었기 때문이 아니라, 본인이 힘들어 하는 모습을 아무에게도 보일 용기가 없었기 때문은 아닐까?

힘든 시간을 친구와 함께하고 말고는 본인이 '선택'하는 것이다. 우리의 친구들이 우리의 힘든 시간을 같이 해주지 않은 것이 아니라, 우리가 힘든 시간을 친구와 함께 하지 않는 것일 뿐이다. 나는 힘들 때, 친구에게 힘들다고 말했고, 친구는 그런 내 옆에 있어주었다.

나는 30대 중반 아무도 만나고 싶지 않을 만큼 힘들었다. 힘든 내 모습을 아무에게도 보여주고 싶지 않았다. 그 시간 나와 함께 해준 친구는 한 명도 없다. 나의 친구들이 힘든 나와 함께하지 않았다고 원망할 이유도 '더 이상 너희는 내 친구가 아니'라고 몰아세울 이유도 없다. 그것은 혼자 버텨보려는 나의 의지였고 선택이었다. 힘든 시간을 혼자 보내고 나서, 나는 나를 기다리고 있던 친구들을 다시 만났다. 오랜만에 만난 친구들은 무척 반가웠다. 그리고 푸근했다.

우리는 '어려울 때 친구가 진정한 친구'라는 말에 세뇌된 나머지, 어려운 상황이라는 전제를 달아 친구를 정의하려 한다. 그것은 일종의 고약한 고정관념이다.

'진정한 친구가 한 명이라도 있다면 그 사람은 성공한 사람이다.' 친구를 거론할 때 가장 많이 등장하는 소리이다.

이 말은 '친구가 없는 것은 당신이 잘못 살아왔다는 증거'라고도 볼 수 있다. 참 어처구니없는 말이라 생각한다. 그저 친구가 없다는 것만으로 인생을 잘못 살았다는 누명을 씌우다니. 이 한마디에 평생 성실하고 바르게 살아온 사람들이 허무함을 느낀다.

우리는 친구가 없다고 말하는 사람에게 거꾸로 '그런 당신은 누군가의 진정한 친구가 되어준 적이 있는가?' 몰아세우듯 반문하기도 한다. 이 말에 '그렇다.'고 쉽게 대답할 수 있는 사람이 몇 명이나 될까? 우린 이런 질문을 받을 때면, 스스로를 돌아보고 반성한다. 대체 친구에게 무슨 짓을 했길래, 누명을 쓰는 것도 모자라 반성까지 해야 하는 것일까?

친구의 존재여부와 인생의 성공여부를 연결시켜 말하는 것은, 어쩌면 '친구'라는 존재의 가치를 높이기 위해, 우리 스스로가 그리고 세상이 만들어놓은 오래된 관습일 뿐일지도 모른다.

진정한 친구가 있다고 말하는 내게, 언젠가 엄마가 물었다.

"네가 진정한 친구라고 생각하는 그 친구는, 너를 진정한 친구라고 생각할까?"

엄마의 황당한 질문에 웃음이 났다.

"왜? 그 친구가 나를 진정한 친구라고 생각 안하면, 그 친구는 내 진정한 친구가 아니라는 말을 하고 싶은 거야? 엄마가 그런 생각을 하니까 친구가 없는 거야!"

친구를 생각하는데 따지는 게 뭐 이렇게 많은가? 진정한 친구는 내가 만드는 것이지, 친구가 만들어 주는 것이 아니다. 내 진정한 친구가 나를 진정한 친구라 생각하든 말든, 내가 그 친구를 진정한 친구라 생각하면 진정한 친구인 것이다. 그래서 내겐 진정한 친구가 있는 것이다.

사람들은 '친구가 없어 외롭다'고 한다. 나는 친구가 있어도 외롭다. 친구는 외로움을 대신해주는 존재가 아니라 그냥 내 외로움을 지켜보는 것밖에 못하는 무기력한 존재이다. 그래서 나는 친구가 있어도 외로운 것이고, 외로워도 친구가 있는 것이다.

친구란 내 속마음을 다 알아야 하고, 내가 힘들 때 같이 있어야 하며, 내가 무슨 말을 하든 꾹 참고 듣거나, 나의 잘

못된 생각을 고쳐주거나, 나의 행복을 본인의 행복으로 받아들여야 하는 영혼의 쌍둥이로서 내 인생을 성공으로 이끌어 주어야 하는 존재인가? 만약에 그런 것만이 친구라면, 내게도 친구가 없을지 모른다. 내가 누군가가 만들어 놓은 친구에 대한 정의와 잣대에 맞춰 친구를 평가한다면 말이다. 하지만 나는 세상이 만들어놓은 고정관념으로 감히 내 친구를 평가하고 싶지 않다.

내게 친구는 그저 만만하고 편안한 존재이다. 나는 세상 모든 사람들을 친구로 본다. 친구 세상에는 차별이 없다. 조금 손해 봐도 친구니까 별로 속상하지 않다. 맘에 안 드는 면이 보이면 대놓고 맘에 안 든다고 말할 수 있는 편한 관계가 서로를 성장시킨다. 무엇보다 나에게 친구는 다른 세상으로 들어가는 열쇠이자 내가 갇힌 틀에서 탈출하는 비상구였다. 어떻게 살아야 할지 헤맬 때마다 같이 미로를 걸어준 길동무였고 어리버리한 나를 위해 대책을 강구하며 길을 제시해준 네크워크였다. 나에게 친구는 살아 숨 쉬는 지도였다.

에필로그

바캉스를 없애버리면 프랑스인들은 모두 죽을지도 모른다. 들어가기 어렵다는 학교에 들어가기 위해 에두아르는 하루에 16시간씩 공부했다. 그런 공부벌레 에두아르도 언제나 바캉스 계획을 심하게 열심히 짠다. 방학이 시작되자마자 그리스 테살로니키 행 비행기를 타야 한다고 이미 3개월 전에 그로부터 통보받았다.

방학이 시작되었다. 마음이 급해졌다. 아직 써야 할 원고가 남아 있었고, 원고의 1차 교정도 봐야 했다. 나는 그리스로 떠나기 전날 새벽까지 원고를 수정했다. 내가 여행을 하는 동안 영은이 2차 편집 작업을 할 수 있게 해놓아야 했다.

그리스는 너무 더웠다. 하루 종일 땡볕을 걸어다니다 밤
10시나 되어서 저녁을 먹고 호텔로 들어오면, 메일을 확인
할 시간도 체력도 남아있지 않았다. 호텔 방에 들어가면 일
단 씻어야겠다는 생각밖에 없었다. 씻고 나면 그대로 곯아
떨어졌다. 그렇게 며칠을 보내고 돌아왔다.

프랑스에 도착하자마자 메일부터 확인했다. 그리스로 떠
나기 전날 새벽, 영은에게 보냈던 메일에 답신이 도착해 있
었다. 눈물이 날 뻔했다. 영은이 내게 남긴 짧은 한 줄의 문
장 때문에….

'원고 작업하는 동안 즐거웠기를….'

이 책의 주요한 테마인 '우정'은 영은이 내게 주문한 것
이다. 그녀가 왜 내게 '우정'이라는 테마를 주문했는지 알
수 없었다. 나는 친구와의 약속을 지키기 위해 글을 썼다.
그리고 글을 쓰는 동안 조금씩 '나의 우정'이라는 것을 알
아나갔다.

지난 몇 개월간 나는 내 기억 속에 숨어있던 내 친구들과 하루하루 함께했다. 그것은 마치 숨바꼭질 놀이 같았다. 나는 술래가 되어 내 기억 속 어딘가에 꼭꼭 숨어있는 나와 친구들의 이야기들을 하나씩 찾아나갔다. 한 친구는 하늘 속에, 한 친구는 작은 꽃잎 사이에, 또 다른 친구는 바람이 실어다준 이웃집 저녁 메뉴 냄새에도 숨어 있었다. 친구들의 이야기를 찾아내는 것은 영은의 바람대로 무척 즐거운 작업이었다.

그리스로 떠나기 전, 나는 내가 생각하는 우정을 모조리 찾아냈다고 믿었다.

그런데, 영은이 남긴 짧은 한 줄 문장에서 지난 몇 개월간 찾아내지 못한 또 하나의 '우정'을 찾았다. 영은은 내가 친구가 많다는 이유에서, 내가 생각하는 친구라는 존재가 다른 사람들과 조금은 달라서 내게 '우정'을 숙제로 준 것이 아니었다.

불혹의 나이를 넘겨도 새로운 미래를 꿈꾸는 내게, 미래를 꿈꾸면서도 한없이 막막해하는 내게, 영은은 무엇이 필요한지를 알아차렸던 것이다. 말하지 않아도 아는 것. 그것은 진정한 친구만이 발휘할 수 있는 재주이다.

영은은 글을 쓰고 싶어 하는 내게 글을 쓸 수 있게 하면 된다 생각했을 것이다. 그리고 그 작업은 나를 즐겁게 할 수 있는 것이어야만 한다 생각했을 것이다. 오랜 친구로서 친구인 나를 위해 '우정'을 글로 쓰라고 주문한 것이다. 오로지 친구가 행복하길 바라는 마음에서.

우정은 감동이다.

내가 찾지 못한 '우정'이 어딘가에 아직 숨어있을지 모른다. 앞으로도 나는 기꺼이 술래가 되어 그것을 계속 찾아나갈 생각이다. 내 미래에 무척 즐거운 작업이 기다리고 있다는 생각에 기분이 좋아진다.

Thanks to
글을 쓰는 내내 나를 즐겁게 만들어준 내 모든 친구들
Special thanks to 영은

사무치게 낯선 곳에서 너를 만났다

초판 1쇄 펴냄 2017년 11월 7일

지은이 이주영
펴낸이 이영은

펴낸곳 나비클럽
출판등록 2017. 7. 4. 제25100-2017-0000054호
주소 서울특별시 은평구 갈현로11길 46 107동 901호
전화 070-7722-3751 팩스 02) 6008-3745
메일 nabiclub17@gmail.com

기획·편집 이영은
디자인 여상우
마케팅 조근형
제작 제이오

ISBN 979-11-962216-0-7 03810

이 도서의 국립중앙도서관 출판예정도서목록(CIP)은 서지정보유통지원시스템
홈페이지(http://seoji.nl.go.kr)와 국가자료공동목록시스템(http://www.nl.go.kr/kolisnet)에서
이용하실 수 있습니다. (CIP제어번호 : CIP2017028132)